KB153826

조각목

조각목

최정호 시집

서문序文

시詩란 무엇인가. 먼저, 여러 옛 성현聖賢들의 말들을 인용해 보기로 한다.

"시는 상상과 정열의 언어다"(헤즈릿)

"시는 강한 감정의 자연적 발로다"(워즈워드)

"시는 일반적 의미로 상상의 표현이라 할 수 있다"(셸리)

"시는 아름다움의 운율적 창조다"(포우)

"시를 구성하는 두 개의 중요한 원리는 어조語調(말의 가락, 말투)와 은유隱喩다"(웰렉)

"시의 정의定議의 역사는 오류誤謬의 역사다"(엘리엇)

위는 시詩에 대한 정의定議를 포괄적인 한 마디로 표현한 말들이다. 그 중에서 "시의 정의定議의 역사는 오류誤謬의 역사다"라는 엘리엇의 말은 시에 대한 정의가 어느 시기에 한정되어 있지 않고 시대에 따라 변형變形됨을 역설적으로 표현한 말이라 하겠다.

오늘날, '시詩에 대한 정의定議'는 어떻게 변형되어 왔을까.

일부 학자들의 말을 빌리자면 시詩란 '사상思想과 감정感情이 절묘한 형식形式으로 통합되어 나타나는 문학형태'라고 말하고 있다. 여기서 말하는 '절묘한 형식'이란, 시인이 한 편의 시를 쓸 때, 자신이 기대하는 감정의 표현을 강화하기 위하여 1) 리듬과 운율韻律을 사용하기도 하고, 2) 한시漢詩에서처럼 기起, 승承, 전轉, 결結 등의 변화를 주기도 하며, 3) 특별한 시적조어詩的造語를 사용하기도 하고, 4) 나름대로의 참신한 비유적 표현比喩的 表現을 고안해내기도 한다.

표현기법表現技法이나 형식形式이 어떻든, 독자들은 그 시詩가 전해주는 감성感性과 사상思想(메시지)을 통해서 시인과 독자가 서로 교감交感하며, 시를 통해 인간과 사물이 정서적으로 호응呼應을 이루면 그것으로 족한 것이다.

(*박명용 지음,『현대 시창작법』에서 참조.)

시詩의 표현기법表現技法이나 형식形式에 대해서 이보다 더 적절한 표현을 찾아보기란 쉽지 않다.

나에게 있어서의 '시詩쓰기'란 '세상을 살면서 가슴속에 갈무리되어 있던 여러 가지 감성感性과 관념觀念들을 밖으로 표출表出해내는 것'이라 말하고 싶다. 단지, 날것이 아닌 정제淨濟된 언어言語로, 그에 꼭 맞는 적확的確한 단어單語를 찾아내고, 그 단어에 잘 어울리는 형용사形容詞와 부사副詞로 채색彩色옷을 입히고, 또 거기에 알맞은 동사動詞를 부여할 때 비로소 살아있는 생명체生命體와 같은 시詩가 탄생誕生되는 것이다. 마치 엄마의 뱃속에서 씨앗 같은 작은 생명체生命體가 착상되어 심장과 눈과 코와 입과 귀가 생기고, 팔다리가 자라고, 오장육부五臟六腑가 열 달간의 시간이 흘러 사람의 꼴을 갖춘 후에야 세상에 태어나는 아이처럼 시詩도 그렇게 태어나는 것이다.

이번 『조각목』은 『촛불』 이래 6년 만에 내놓는 나의 두 번째 '시집詩集'이다.
'조각목皀角木'이란, 시내 광야와 사해부근에서 자생自生하는 가시나무의 일종一種으로서 '아카시아스(accasias)'라 부르기도 한다. 이 나무는 조직이 단단하여 벌레가 기생하지 못하고 무늬가 고와서 이스라엘백성들이 출애굽하여 광야에서 성막聖幕을 짓고 성막 안에 기구器具들, 곧 궤와 제단祭壇, 상床 등을 만들 때 주로 사용한 나무이기도 하다.
그러나 오늘날에는 말 그대로 조각조각 잘게 부서진 여러 개의 '조·각·목'들을 붙여 만든 하나의 '재목材木'을 말하기도 한다. 나무 조각들이 조각 조각 쪼개져 흩어져있을 때에는 마땅히 쓰일 곳이 없다. 그러나 그런 '조·각·목'들을 끌어 모아 붙이고 다듬으면 하나의 '조각목'이 되고, 그런 '조각목'들은 여러 모양의 가구나 실내 장식품 등을 만드는 데 유용하게 쓰인다.

흩어져 있는 '조·각·목'처럼, 그동안 세상을 살면서 틈틈이 써왔던 '시詩'들을 끌어 모아 『조각목』이라는 '시집詩集'으로 엮어보았다.

이 혼탁한 시대時代를 살고 있는 우리 이웃들에게 나의 시들이 작은 위로가 됐으면 좋겠다. 한 걸음 더 나아가 모든 분들의 가정, 가정에 하나님의 사랑과 축복이 함께 하시기를 기원祈願하며, 무엇보다 이 시詩를 쓰게 하신 하나님께 감사드린다.

2020년 更子年 새해 아침에

차 례

II. 시詩·2

Ⅰ. 시詩·1

시詩

광맥을 찾아

험한 산길 헤집고 다니다

어느 날

발끝에 차인 원석原石 하나

여러 밤을 뒤척이며

갈고

닦고

다듬기를 수십 번

어둠속에 갇혀있던 빛들이

하나 둘 깨어나

형

形

색

色

보석으로 빚어진다.

백목련

흰 드레스
환한 미소
하룻밤 신혼이
꿈인 듯 생시인 듯

쫓기듯
새벽안개 속으로
떠나버린 님

못내
이별이 서러워
피멍으로
지는 꽃잎.

4월

4월은
울 너머 개나리에
온 몸을 풀어 헤치고
노란 봄을 피워낸다.

숫한 겨울 밤
거리거리 휘날리는 눈발 속을
헤매던 그 날엔
어디에 숨어 있었을까.

4월은
울 너머 개나리에
온 몸을 풀어헤치고
샛노란 봄을 피워낸다.

해질녘 · 1

서산마루
흰 구름
노을에 타고

복사꽃
내 사랑
그리움에 탄다.

세발자전거

세발자전거 한 대
길모퉁이에 쓰러져 있다
개구쟁이 도련님이 타고 놀다
팽개쳤나보다.

세 바퀴는 하늘을 향해 들려있고
뒤집힌 채 나뒹굴고 있는 운동화 한 짝
꼭,
떼를 쓰며 울고 있는
귀한 집 도련님 같다.

해가 진 밤하늘엔
별님들이 반짝반짝 눈을 뜨고
잘 자라 도련님
자장가를 불러주고 있다.

시계바늘

시계 속에는
바늘 삼형제가 살고 있습니다.

땅딸이 첫째는
묵묵히 자리를 지키고 앉아
움직일 듯 말 듯 무게를 잡고 있고

키다리 둘째는
한껏 폼을 잡고 서 있는 듯하지만
돌아보면 어느 새 저만큼 돌아가 있고

까불이 막내는 무엇이 그리 바쁜지
째깍째깍 뛰어다녀보지만
뱅글뱅글 돌고 돌아
늘 제자리걸음입니다.

시계 속
시계바늘 삼형제는
꼭 우리네 애들 같습니다.

목련

겨울이 채 가기도 전에

피어나

봄이 오기도 전에

지는 꽃잎.

예쁘기는 우리 손녀딸 같고

성질 급하기는 꼭

누구를 닮았다.

꽃은 밤에 준비한다

꽃봉오리가
아침에 꽃을 피우기위해서는
찬 이슬 맞으며
홀로
밤을 새우듯

삶의 구비마다
숫한 밤을 지새우며
흘린 눈물은
아침햇살 되어
방긋
꽃으로 피어난다.

공중전화公衆電話

유리알처럼 투명한 박스 안에
알몸으로 발가벗은 여인
입만 살아 있는 뭇 사내들 앞에
실오라기 하나 걸치고 있구나.

별빛이 무더기로 내려앉는 들판에
바람이 불면 바람을 맞고
무서리가 내리면 무서리를 맞는
한 송이 들국이고 싶다.

동전을 넣으세요
나의 온 몸을 드릴게요
그러나 단 3분 동안만이에요
3분이 지나면 동전을 또 넣으셔야해요.

사는 일이 힘들어
티격태격 다투기는 해도
제발,
사랑한다는 말은 꼭 해주세요.

사진첩

사진첩 안에는
사랑하는 사람들이 살고 있다
그 시절
찰칵하는 순간의 삶들이 정지된 채 멈춰있다

사진첩 안에는
사랑하는 우리 아이들이 웃고 있다
빠글빠글 머리를 볶은 세 살 박이 깡순이 딸과
돌잔치에 모자가 쓰기 싫다고 울고 있는
아들의 모습이 어찌나 귀엽고 사랑스러운지
다시 한 번 그 순간의 삶을 살고 싶다

사진첩 안에는
지금은 볼 수 없는
나의 아버지와 어머니의 낡은 사진도 있다
시간을 돌릴 수만 있다면
엄마, 아버지를 모시고
다시 한 번 살아보고 싶다
할 수만 있다면….

자목련

겨우내 간직해둔
보랏빛 가슴 활짝 열고
맞이한 님

이별의 말도 없이
훌쩍
떠나 버리고

다시 오실
그 긴긴 날들이 서러워
한 잎 두 잎
피눈물을 떨구고 있다.

풀과 꽃

풀은 어디에서도 자란다
깎아지른 절벽 바위틈이나
시멘트보도블록 작은 틈 사이
그 어디에서도 자란다.

풀이 있는 곳에는 꽃도 핀다
풀이 꽃을 피우는지
꽃이 풀을 키우는지
풀과 꽃은 한 가족 같다.

흔하디흔한 풀 사이로
흔하디흔한 꽃들이
봄
여름
가을
철따라 피어난다.

세월이 흘러
찬바람이 부는 겨울이 오면

풀은 마르고

꽃은 떨어지나

풀은 풀씨로

꽃은 꽃씨로 새 생명을 잉태하고

새 봄을 꿈꾼다.

물꽃

물꽃이 피어난다
꽃처럼 분수가 핀다
나팔꽃
안개꽃처럼
빗줄기가 모여
물꽃을 피운다.

아이들이 피어난다
꽃처럼 아이들이 핀다
나팔꽃
안개꽃처럼
아이들이 모여
조잘 재잘
웃음꽃을 피운다.

물꽃이 핀다
꽃처럼 분수가 피어난다
나팔꽃
안개꽃처럼

빗줄기가 모여

물꽃을 피우고

아이들은 조잘 재잘

웃음꽃을 피운다.

동트는 바다

온 세상이 잠든 바닷가
어디가 바다이고
어디가 하늘인지
태고太古의 어둠속에 묻혀있다.

저 멀리 수평선너머
노을빛 하늘이 열리고
불끈 솟아오른 해

일렁이는 황금물결 따라
떠가는 통통배 하나
잠자는 바다를 깨운다
새벽하늘을 깨운다.

찻집에서

두고 온 고향
보고 싶은 얼굴
커피 한 잔에
그리움을 달래본다.

밤이 깊을수록
별은 더욱 빛나고
밤하늘에 뜬 조각 달
너 홀로 외롭구나.

꽃처럼 살고 싶다

꽃은 아름답다
코스모스, 히아신스, 패랭이, 들국,
엉겅퀴, 씀바귀, 달맞이, 민들레…
세상의 모든 꽃들이 다 다르지만
꽃잎의 모양과 색깔들이
어쩌면 그리도 예쁜지….

꽃은 때를 따라 피고
철 따라 잎이 진다
때론
심술궂은 바람이 흔들어도
꽃잎은 바람을 탓하지 않고 떨어지듯

나도 꽃처럼
때를 따라 피어나고
때를 따라 지고 싶다
때론
심술궂은 바람이 나를 흔들어도
바람을 탓하지 않고

떨어지는 꽃잎처럼 나도

때가 되면 그렇게

시나브로 지고 싶다.

롤러코스터

"왜 이렇게 터덜터덜 올라가지?"

"조금 기다려봐

이제 곧

쌩~ 하고 내려갈 걸!?"

"왜 이렇게 구불구불 도는 거야? 어지럽게"

"본래 길이란 그래"

"아이고, 나 죽네

왜 이렇게 빨리 달리는 거야?"

"그래도 이건

지구의 공전속도(시속:107,160㎞)에 비하면

새 발의 피지!"

"나 토할 것 같아, 내릴래!"

"참아!

조금 있으면

더 타고 싶어도 내려야해!"

촛불・2

촛불은 눈물
제 뼈를 태우고
제 살을 녹이며
흘리는
어미의 눈물.

촛불은 소망
제 뼈를 태우고
제 살을 녹이며
키우는
아비의 소망.

못난 인생

풀은
세상을 향해
온 몸을 다 바쳐
푸릇푸릇 싱그러움을 내어주고
시들어 땅에 거름이 되고…

꽃은
세상을 향해
아름다운 자태와 향기를 다 내어주고
미련 없이 떨어지나니…

너는
세상을 향해 무엇을 주었느냐
싱그러움을 주었느냐
향기를 주었느냐
아름다운 자태를 주었느냐
아니면
거름을 주었느냐

그저
질척이며 세상을 더럽혀왔거늘…

너의 손으로
풀 한 포기라도 뽑지 마라
너의 추한 손으로
작은 꽃
한 송이라도 꺾지 마라.

꽃은 세상을 향해 향기를 주고
풀은 마르고 시들어
제 스스로 땅에 묻혀 거름이 되나니…

너는
사나 죽으나
썩은 몸뚱이만 남기고 가려느냐.

해질녘·2

갈 빛
산마루에 걸린
붉은 햇덩이

노을 빛
서녘하늘 수놓은
타는 그리움.

어머니의 영정影幀 앞에서

빛바랜 어머니의 영정影幀을
가만히 올려다본다
주름진 골골마다 새겨진 세월의 흔적들
그 아픈 삶조차도 그립구나.

세월은 가고
기억은 가물가물 흐려지는데
가슴 속 그리움은
왜 이다지
자꾸만
짙어만 가는지….

목향木香

꽃에는 꽃향花香이 있고
나무에는 목향木香이 있듯
善한 사람에게서는 향내가 나고
惡한 사람에게서는 악취가 나듯
사람에게도 인향人香이 있다.

내게서는 어떤 냄새가 날까
향내일까 악취일까
꽃향花香은 아니더라도
소나무에서 나는 솔향松香처럼
대나무에서 나는 죽향竹香처럼
향나무에서 나는 향내香香처럼
사르면 사를수록 향기로운
향내는 아니더라도
그저 흔하디흔한 나무에서 나는
그런
목향木香이라도 나면 좋겠다.

마스터

세상에
개봉한지 일주일 만에
관객 70만 명이 보았다는 영화 '마스터'

희대의 사기꾼
진현필(이병헌 분)을 붙잡아
피해자들에게 돈을 모두 돌려준
김재명(강동원 분)과 같은 義人이 있다면
아니, 그런 영화 같은 세상이 온다면
얼마나 좋을까.

아서라
영화는 영화일 뿐
죽었다 깨어나도
결코,
그런 세상은 오지 않아
꿈 깨라!

찻집에서 • 2

그대 그리워
찾아간 찻집
그대 모습 보이지 않고
추억만이 남아 있는데…

세월은 가도
그리움은 짙어만 가고
식은 찻잔 위로
후드득 떨어지는
눈물방울.

소나무가 되고 싶다

깊은 산속 오솔길에
아름드리 소나무 한 그루 서있다
시냇물이 흐르는 풀 섶엔
철따라 들꽃들이 피었단 지고
또 다시 피어나고…

두 팔을 벌려 가만히 소나무를 안아본다
솔향松香이 온 몸에 스며들어
내가 소나무인지
소나무가 나인지…

세상만사 다 잊고
내 너와 함께 벗하며 살수만 있다면
나도 너처럼
아름드리 소나무가 되고 싶다.

무언無言

그저,

미안하다

그리고 사랑한다

이 말 외에

무슨 할 말이 더 있겠니

그래

또

한 마디가 남아 있구나

정말,

보고 싶다.

성냥개비 • 2

고만고만한 놈들이
네가 크냐
내가 크다
키 재기하며 모여 산다.

똑같이 생긴 놈들이
네가 잘 났냐
내가 잘 났다
어깨를 으스대며 모여 산다.

불씨 하나 머리에 달고
오직, 하나의 꿈
어서 세상 밖으로 나가
어둠을 밝힐 그날만을 기다리며
어제도
오늘도
또 내일도
개비 개비 꿈을 꾸며 모여 산다.

볼트와 너트

오늘 아침 일터로 가는 길 위에 볼트와 너트가 떨어져 있다. 볼트와 너트를 집어 든다. 볼트가 너트에 헐겁게 끼워져 있다. 볼트와 너트 사이에 끼어있는 얇은 이음철판도 조금 찌그러져 있다. 한때는 어딘가에 조여져 제 구실을 했을 법 한데, 지금은 사람들의 발끝에 채이며 굴러다니고 있다. 횡단보도에 빨간불이 켜진다. 걸음을 멈추고 잠시 상상의 나래를 펴본다.

볼트와 너트가 쓰이는 곳은 이루 헤아릴 수 없을 정도로 많다. 비행기, 자동차 한 대에 끼워져 있는 볼트와 너트는 도대체 몇 개나 될까.
그보다 작은 컴퓨터, 스마트폰, 전화기, 세탁기, TV 등에 끼워져 있는 볼트와 너트도 아마 꽤 되리라. 이들 저마다의 기기器機에 끼워져 있는 볼트와 너트 한 개가 담당하고 있는 역할과 기능은 또 얼마나 중요한가.

만일, 그 수많은 볼트와 너트 중 어느 것 하나가 느슨해져 볼트와 너트로서의 역할과 제 기능을 발휘하지 못한다면 어떻게 될까. 작게는 그 볼트가 맡고 있는 부품의 기능이 작동을 못하게 될 테고, 그런 현상이 여러 곳에서 자주 발생하게 되면 수리를 해야 하고,

끝내는 그 제품 자체는 버려지겠지.

가정도 마찬가지가 아닐까.
볼트인 부父와 너트인 부婦, 볼트와 너트사이에 끼어 있는 얇은 이음철판 같은 자식들, 이들 셋의 결합이 단단하고 꽉 조여 있을 때라야 화평하고 사랑이 넘치는 행복한 가정이라 할 수 있을 것이다. 이와는 반대로 이들 셋의 사이가 느슨해지면 느슨해질수록 그 가정은 불행해지고 결국 파탄으로 이어지게 됨을 종종 보게 된다.

신호등이 파란 불로 바뀌고 사람들이 횡단보도를 건넌다. 나는 잠시 그 자리에 우두커니 선 채 볼트와 너트를 바라본다. 아내와 아이들의 얼굴이 떠오른다.

꼰대들의 넋두리

요즘 아새끼들은
지지바나 머슴아나 참 별나다

어떤 지집아들은
머리를 노랗게 빨갛게 물들이고
너덜너덜 찢어진 청바지를
꽉 끼게 쪼여 입고
엉덩이를 씰룩 쌜룩 어기적거리고…

어떤 머슴아들은
목걸이에 귀걸이까지 하고
얼굴은 하나같이 뜯어고쳐
지집아인지 머슴아인지
이놈이 그놈 같고
그놈이 저놈 같다

어디 젊은 것들뿐이랴
어떤 여편네들은

삼삼오오 모여앉아
대낮부터 소주잔을 기우리며
지지배배 지지배배
지 서방 시어미 헐뜯느라 시간가는 줄 모르고
때늦은 저녁이 다 되어서야
지가 무슨 클레오파트라도 되는 양
콧대를 세우고 집으로 들어간다

남정네들은
멀쩡한 나이에 명퇴로 쫓겨나
하릴없이 거리를 빈둥거리다
해가 지면
깡소주 한 잔 걸치고
꺼, 꺼부정 기어들어가
여편네 눈칫밥 한 술 얻어먹고
일찌감치 한쪽 방구석에 쓰러져
거드렁 커드렁 코를 곤다

할매 할배들은

젊은 것들 하는 짓들이 눈꼴사나워

이 꼴 저 꼴 안 보고 어서 죽어야지 하면서도

머리는 새까맣게 물들이고

뭐가 몸에 좋다더라 하면 귀가 솔깃해

아귀아귀 찾아 먹으면서도

'어서 빨리 죽어야지' 넋두리를 늘어놓는다

미친놈의 세상

어찌 돌아가는 겐지…

어느 날 문득

거울을 쳐다보다 깜짝 놀란다

저 할배를 어디서 봤더라

생각이 날 듯 말 듯

가물가물하다.

김치를 담그며

싱그런 통배추
맑은 물에 깨끗이 씻어 배를 가르면
노오랗게 드러나는 속살들

굵은 소금을 뿌리고 반나절 지나
푸르던 잎들이 소금에 절어 축 늘어지면
서릿발 같은 무채에
다진 마늘, 대파, 고춧가루와 액젓을 넣고 버무린 양념을
포기
포기
배춧잎 사이사이에 쟁여 넣는다.

살다보면
배춧잎처럼 풋풋한 젊음도
마늘과 고춧가루처럼 매운 세상살이에
어깻죽지가 축 늘어져도
세월 속에 익어가는 김치처럼
우리네 인생살이 생生의 갈피마다
설익은 삶도 숙성돼 간다.

촛불 • 3

촛불이 흘리는 것은
촛농이 아니다
어미가 흘리는 사랑의 눈물
아비가 흘리는 절망의 눈물

아비의 뼈를 태우고
어미의 살을 녹여
흘리는
어미의 눈물
아비의 피눈물이다.

누군가 한 사람

누군가 한 사람
할머니의 무거운 짐보따리를 같이 들어준다면
할머니의 짐은 가벼워지고 마음은 즐거워지리.

누군가 한 사람
지저분한 거리를 깨끗이 쓸어준다면
거리는 깨끗해지고 사람들의 기분도 좋아지리.

누군가 한 사람
남을 위해 양보하고 배려해준다면
사회는 밝아지고 사람들은 행복해지리.

너와 나 이런 한 사람으로 살면 어찌 아니 좋을까
아무렴, 그렇고말고!

대장大腸… 나의 대장大將

이 년에 한번 받는 종합정기검진에 금년에는 대장내시경을 추가했다. 사 년 전에는 대장大腸에서 폴립 한 개, 이 년 전에는 폴립 네 개를 떼어내 혹시나 하는 마음에서 대장검진을 또 받아보기로 한 것이다.
지난번에는 사진으로만 보았었는데, 이번에는 친절한 의사의 배려로 똥구멍에 내시경을 꽂은 채 실시간으로 나의 대장大腸 속을 들여다 볼 수 있었다. 대장大腸 속은 구불구불 울퉁불퉁한 것이 꼭 작은 동굴 속 같다.

매번 맛있는 음식물만 받아먹는 위장胃腸, 몸에 좋은 영양가만 빨아먹는 소장小腸, 나쁜 독소를 걸러주는 간장肝腸, 온 몸에 생명의 피를 보내주는 심장心腸과는 달리, 평생 동안 온갖 오물과 똥덩어리와 엉켜 살면서 그 냄새나는 동굴을 지켜온 대장大腸. 똥덩어리를 오로지 똥구멍으로 흘려보내기 위해 끌어안고 홀로 고군분투해 온 모습이 꼭 전쟁터에 나가 싸우는 대장大將같다.
오직했으면 창자가 부풀어 올라 폴립이 생기고 암덩어리가 생기겠는가. 그 외로움과 고통을 다른 장기臟器들이 어찌 알까.

몸속의 모든 장기臟器들이 제 나름의 역할을 잘 할 수 있는 것도,

대장大腸이 그 누구도 싫어하는 오물과 똥물을 흠빽 뒤집어쓴 채, 화가 나도 방귀 한 방 날리고는 똥덩어리를 끌어안고 묵묵히 자신의 일을 해온 때문이 아니겠는가! 그 사랑을, 그 희생을 뉘 알랴! 고마우셔라 대장大腸… 나의 대장大將님이시여!

구름

그대 아는가
봄비 개인 깊은 계곡
산허리를 돌아 피어오르는 안개구름이
얼마나 아름다운지

그대 아는가
한 여름 하늘 끝자락에
뭉게뭉게 피어나는 뭉게구름이
얼마나 어여쁜지

그대 아는가
가을하늘에 나는 듯 새털구름이
푸른 하늘을 수놓을 때
마음이 얼마나 상쾌한지

그대 아는가
사막에 꽃을 피우고
메마른 강물에 생명을 키우는 건

안개구름도

뭉게구름도

새털구름도 아닌

비를 머금은 먹구름이라는 것을

그대는 아는가.

기쁜 우리 젊은 날

이른 아침
사무실 문을 열고 들어서면 왜정시대에 지었다는 건물에선 항상 퀴퀴한 냄새가 배어나고 썰렁한 한기가 창문에 매달려 있다. 뒤 창문 너머 문서창고에는 이 십 년 빛바랜 서류뭉치들이 곰팡이 냄새를 피우고, 지붕 위에는 비둘기식구들이 밤새 스민 냉기를 아침햇살에 말리고 있다.

물주전자에
옥수수차를 끓이고 남은 불어터진 옥수수알갱이를 한 주먹 던져주면 마치 미군지프차에서 던져주는 사탕을 주우러 몰려드는 피난민아이들처럼 어디선가 몰려드는 비둘기 떼들. 그 중 한 놈은 한쪽 다리의 발가락이 잘려나가고 없어 기우뚱 땅바닥에 주둥이를 처박기만 한 채 알갱이 하나 얻어먹지 못한다.
미군 지프차에서 뿌려지는 알사탕, 초콜릿을 큰 아이들 틈바구니에서 한 개도 줍지 못한 다섯 살 피난민 꼬마아이의 슬픔처럼, 발가락이 잘려 나간 그 비둘기가 애처롭다.

난로에 불을 지피고
책상위에 서류철을 꺼내 놓고 자판기를 두드리면, 모니터 안에서 오늘 하루 살아야할 글씨들이 깨알처럼 까만 눈을 뜨고 나를 빤히 쳐다본다.

퇴근길
광화문 지하도에 내려서면, 태극기를 어깨에 잔뜩 짊어진 할아버지가 하루 종일 한 개도 팔지 못했는지 두 눈이 퀭하다. 삼일만세운동 때는 방방곡곡 나라 안을 온통 태극기물결로 가득 메우고, 9.28 서울수복 때는 중앙청 높다란 깃대에 꽂혀 기쁨의 눈물을 흘리던 태극기가 지금은 할아버지 어깨위에 축 늘어져 있다.

동네 어귀에 들어서면
청과물 시장의 온갖 과일들이 저마다의 빛깔로 환히 웃고 있다. 모퉁이를 돌아서면 빠끔히 뚫린 전기구이 통닭집 유리관 속에 새벽을 깨우던 닭들이 온 몸을 발가벗기운 채 닭똥 같은 눈물을 뚝, 뚝, 흘리고 있다.

18평 아파트
여우같은 아내가 기다리는 보금자리에 들어서면 우르르 덤벼드는 토끼 같은 새끼들, 저녁밥상에 둘러앉아 재잘거리는 아이들 방울소리에 하루의 피로는 눈 녹듯 사라지고…
밤새 무지갯빛 꿈길을 걸어가노라면, 기쁜 우리 젊은 날, 아이들의 꿈은 해바라기처럼 피어나고, 오늘도 아침 해는 밝게 떠오르겠지.

잃어버린 보석을 찾습니다

그 보석은
에메랄드
루비
다이아몬드
그 어떤 보석보다 아름답고
소중한 보석입니다
처음 그 보석을 선물로 받았을 때
나는 마치
세상 모든 것을 다 얻은 것처럼 기뻤지요
그 보석은
날이 가면 갈수록 빛이 났고
바라보고만 있어도 행복했습니다.

그러던 어느 날
그 보석은 시름시름 빛을 잃어가더니
급기야 돌멩이처럼 변해버렸습니다
너무 슬퍼 눈물도 나오지 않았지요
그 때 내 마음은
세상의 모든 것을 다 잃어버린 것처럼 슬펐습니다

그 보석은

이 세상 그 어느 보석보다 소중한

둘도 없는 보석이었는데…

언젠가는 다시 제 색깔과 제 빛깔을 찾아

아름다운 보석이 되어 돌아오겠지요

꼭, 그렇게 될 것입니다.

어머니의 노래

살아생전 어머니가 부르던 노래
'이 풍진 세상을 만났으니
너의 희망이 무엇이냐
부귀와 영화를 누렸으면
희망이 족할까'

전쟁난리통에 피난 내려와
자식새끼 굶기지 않으려고
허리띠 졸라매고
연탄 한 장, 보리 한 됫박 신세를
못 면했던 어머니

'푸른 하늘 밝은 달 아래
곰곰이 생각하니
세상만사를 잊었으면
희망이 족할까'

삶이
얼마나 힘들고 고달팠으면

세상만사 잊는 것이
어머니의 유일한 희망이었을까

이 풍진 세상
고생만 하시다 떠나가신 어머니
지금은
어느 하늘에서
세상만사 다 잊으시고
평안히 계시면 좋으련만…
보고 싶은
나의 어머니!

풀꽃 인생 • 1

봄이 오면
얼었던 땅을 뚫고 새 풀이 돋아나고

여름이면
풀이 자라 꽃을 피우고

가을이면
바람이 불어 잎은 마르고
꽃이 진 자리에
생명의 씨앗이 영글고

겨울이 오면
씨앗은 생명을 잉태한 채
깊은 잠을 잡니다.

다시,
새 봄이 오면
생명의 씨앗들은
얼었던 땅을 뚫고

들의 풀처럼 다시 살아
새싹을 틔우고 꽃을 피우고
또 한 해가 흘러갑니다.

돈, 명예, 권세
세상의 모든 영광
바람이 불면
들의 풀처럼
풀의 꽃처럼
흔적도 없이 스러지나니
우리네 인생 또한
풀의 꽃과 같습니다.

동반자同伴者

당신을 만나 가정을 이룬지
어언 사십 여년
살강살강 사랑을 하면서도
때론
아롱다롱 다투기도 하고…

세월이 흘러
아들딸들이 곁을 떠나가고
덩그마니 당신과 나 둘만 남은 집에서
어느 치운 겨울날밤 잠에서 깨어
입을 헤 벌리고 자는 당신의 모습을
물끄러미 쳐다보고 있노라면
왜 그리 안쓰럽고 안됐는지
베개를 고쳐 베어주고
이불깃을 여며주다
문득, 스치는 생각 하나
이러다,
어느 날,

갑자기,
당신과 나 둘 중 하나가 세상을 뜨고 나면
남은 하나는 얼마나 외롭고 허전할까

곱던 얼굴에는 검은 꽃이 피어나고
온 몸은 쑤시고 아파도
지금 당신이 내 곁에 있고
내가 당신 곁에 있는
지금 이 시간이 얼마나 소중하고 큰 축복인지
당신은 아는가!?
그대
나의 동반자여!

마른 눈물

울고 싶은 데 눈물이 나오지 않아

가슴 속에는 눈물이

호수처럼 가득 차 있는 데

울 수가 없어

그저 목울대만 꺼억~ 꺽

마른 울음만 속으로 토해내고 있지

울 엄마가 그랬어

생활이 궁핍해도

마음고생이 심해도

엄마는 한 번도 소리 내어 울지 않으셨지

처음에는 성격이 강해서 그런 줄만 알았는데

엄마는 평생 동안 가슴앓이를 하면서도

울지 않으셨지

언젠가 내가 물었어

“엄마는 슬픈 일이 있어도 왜 울지 않아?

엄마가 말했어

"눈물은 가슴속에 가득 차 있는데
돌덩이가 가슴을 짓누르고 있어 울음이 나오지 않아"

피난시절 판잣집이 불에 탔을 때도
엄마는 울지 않으셨지
얼굴이 벌겋게 상기된 채 그저 나를 가슴에 꼭 껴안고
손바닥으로 내 등을 토닥이고만 있었지
엄마의 울음은 그렇게 가슴 밑바닥에 고인 채
가슴앓이가 되고
돌덩이가 되어
울고 싶어도 울 수가 없었나봐.

지금 내가 그래
울고 싶은 데, 눈물이 나오지 않아
가슴속에는 눈물이 호수처럼 가득 차 있는데
울 엄마가 그랬던 것처럼 울고는 싶은데 울 수가 없어
내 가슴속에 돌덩이가 들어 앉아
터져 나오려는 울음을 목울대가 꽉 막고 있나봐

이제야 엄마의 슬픔을 알 수 있을 것 같아

그래서 더 가슴이 아파.

복날에

산마루
나뭇가지에 앉은
뻐꾸기
뻐, 뻐꾹~
애간장이 타고

푸른 하늘
높이 솟아 오른
붉은 해
이글이글
여름이 탄다.

단막극 인생

인생은 단막극과 같아
잠시 무대에 머물다 내려가는 배우처럼
막이 내리면 무대는 어둠에 잠기고
연극도 끝이 나거늘…

한 세대는 가고 한 세대는 오되
이 세대가 이전 세대를 기억치 못하고
장래세대들도 이 세대를 기억치 못하나니
막이 내리면 그뿐
그 누구도 그대를 기억치 못하거늘…

그대는 지금 어느 무대에서
누구와 어떤 대사를 읊고 있느뇨?
단막극 같은 인생
막이 내리면 이승의 삶도 끝이 나거늘….

코스모스 축제일에

매년 시월이 오면
강변고수부지에서는
코스모스축제가 열린다
들판 가득히 피어 있는 빨강, 분홍, 하얀 꽃잎들이
하늘을 향해 방긋 웃고 있다.

그대 손처럼
부드럽고 가녀린 이파리들은
가을바람에 하늘거리고
코스모스를 닮은 연인들은
손에 손을 잡고
얼굴 가득히 웃음꽃을 피우는데…

온 종일
코스모스축제가 열리는 들판을 서성거리다
저녁노을 붉게 물든 하늘을 바라보며
나 홀로 쓸쓸히
찬바람을 맞고 있다.

님 생각

바람이 분다
나뭇가지가 흔들린다.

그대와 걷던 거리에
눈발이 흩날린다.

까닭 없이
눈물이 난다.

외로움

하늘이 왜 저렇게 푸르오
첨벙 뛰어 들어가
머릿속을 말끔히 씻고 싶소.

산꼭대기에 올라
가슴이 터지도록
저 파란 하늘을 향해
미친 듯
소리라도 지르고 싶으오.
아! 아! 아! 아!

시각장애인 소녀와 안내견

아침 출근 길, 지하철에서 시각장애인 소녀小女와 안내견案內犬을 만났다

지하철 맨 끝자락에 마련된 노인·약자석弱子席에 두 눈자위가 움푹 들어간 소녀가 앉아 있고, 그 앞에 희고 누런 안내견이 앞발을 모으고 다소곳이 엎드려 있다.

소녀와 안내견 사이에 흐르는 사랑과 믿음이 내 가슴속에도 전율처럼 흐른다. 시간이 조금 지나자 저만한 사랑과 믿음이 생성되기까지의 소녀의 아픔과 절망이 아프게 내 가슴속을 비집고 들어온다.

맨 처음 아무것도 보이지 않았을 때의 절망과 공포 속에서 몇 번이고 죽음의 문턱을 넘나들다 끝내 죽음마저 포기해야만했던 절절한 그 아픔들을 저 어린나이에 온몸으로 다 겪어야만 했던 소녀.

그 후 안내견을 맞이하고 절망과 슬픔을 딛고, 사랑과 신뢰를 쌓기까지의 겹겹이 밀려오는 미래에 대한 두려움과 공포 앞에서 어쩔 수 없이 받아들여야만 했던, 아니 받아들일 수밖에 없었던 아픔…, 살아야만 하는 슬픔 등이 그 소녀와 안내견을 바라보는 내 가슴을 적시고 있었다.

다음 순간, 다음정류장에 대한 안내방송보다 빠르게 안내견이 먼저 자리에서 일어서자, 눈에 보이는 것처럼 소녀가 안내견의 옷을 여며주고는 안내견과 하나로 이어주는 목줄을 잡고 일어선다.

지하철문이 열리고 몇 걸음 걸어가던 안내견이 힐끔 소녀를 쳐다보고는 다시 걸어간다. 그 모습이 얼마나 대견하고 보기 좋은지…. 잠시 동안 내 마음속을 흔들어 놓았던 상념想念들이 봄볕에 눈 녹듯 스르르 풀어진다.

지하철문이 닫히고 털커덩, 털커덩, 지하철이 어둠속을 내달린다. 하루를 시작하는 내 기분도 덩달아 좋아진다.

내 가슴에 슬픔이 있는 까닭은

내 가슴에 슬픔이 있는 까닭은
그대가 내 곁을 떠나버린 때문이 아닙니다

내 가슴에 슬픔이 있는 까닭은
그대가 여전히 내 가슴에 남아 있기 때문이 아닙니다

내 가슴에 슬픔이 있는 까닭은
그대 향한 그리움을 어떻게 주체할 수 없기 때문이 아닙니다

내 가슴에 슬픔이 있는 까닭은
미치도록 그대가 보고 싶기 때문이 아닙니다

내 가슴에 슬픔이 있는 까닭은
정말,
미치도록 그대가 보고 싶기 때문이 아닙니다.

하루가 간다

오늘,

또 하루가 간다

아침에 눈을 뜨면

오늘은 또, 무엇을 하며 하루를 보낼까

하루의 해가 너무 길다

시간을 시곗바늘처럼 되돌려 놓을 수만 있다면

얼마나 좋을까

사랑하는 사람들과 함께 했던 그 시절엔

왜 그리 세월이 빨리도 지나가는지…

오늘도

하루의 해를 보내며

지난 날들을 떠올려본다.

둑길에서

비가 오면 질척거리던 둑길에
누군가 굵은 모래를 뿌리고
길 가장자리에 꽃들을 심었다.

봄이 오면
민들레, 씀바귀, 금잔화가
동네아이들보다 먼저 피어나고

여름이면
하얗게 둑길을 뒤덮은 개망초사이로
보랏빛 나팔을 부는 나팔꽃들

가을이면
들국화 향기 따라
하늘하늘 코스모스가 손짓을 하고

겨울이 오면
하얗게 쌓인 눈밭 위에
꽃처럼 피어나는 새들의 발자국

그렇게 한 해가 가듯

우리의 사는 날들이

둑길에 잠시 피었다 지는 꽃처럼

새들의 발자국처럼

잠시 피었다 스러지나니….

흙의 노래

나는 흙이라네
온 세상 곳곳에 널려 있는
흔하디흔한 흙이라네.

내 위에 아스팔트가 깔리고
보도블록이 깔려 숨이 막혀도
그저 묵묵히 견디는
흔하디흔한 흙이라네.

때론 세상 오물 다 뒤집어써도
내 안에 생명이 있음을 알기에
세상의 모든 엄마들처럼
오물을 거름으로 썩혀 생명을 키우는
나는 귀하디귀한 흙이라네.

할아버지

엊그제만 해도
아저씨라 불렀는데

오늘은
지하철을 타자
젊은이가 일어서며
'할아버지 앉으세요'한다.

고맙기는 하다마는
왠지
가슴 속이 허虛해진다.

세월은 어느새
총각에서 아저씨로
아저씨에서 할아버지로 흘러가고
할아버지 다음엔 뭐지?
왠지
가슴속이 자꾸만 허虛해진다.

산다는 게

하늘가에 잠시 떠있는 한 조각구름처럼
강물에 떠내려가는 한 잎 낙엽처럼
인생도 한번 왔다 흘러가면 그뿐
언젠가는 사라지고 말아.

어느 날 문득
사랑하는 가족들 남겨두고
훌쩍 떠나고 나면
덕지덕지 살아왔던 이승의 흔적들은
지우개로 지운 도화지처럼
세상 어디에도 남아 있지 않아.

사라진다는 거
잊혀 진다는 거
하늘가에 떠 있는 조각구름처럼
흘러가는 강물에 한 잎 낙엽처럼
산다는 게 뭐 별건가
다
그런 거지.

가을이 오면

가을이 오면
하늘빛이 달라지지
뿌옇던 하늘이
파랗게 푸르게 맑아지지.

가을이 오면
나뭇잎들도 달라지지
푸르던 잎들은 떨어져
갈색 이부자리를 펴고
포근한 겨울잠을 준비하지.

가을이 오면
여름내 찌든 삶을 다 털어내고
몸도 마음도
하늘처럼 나무들처럼
파랗게, 누렇게 물들어가지.

순천만 갈대숲에서

순천항만으로 가는 넓은 들판에
가녀린 잎과 대궁들이 모여
갈대숲을 이루고 있다.

바람이 불면
대궁들이 부는 피리소리에
잎들은 사각사각 춤을 추고

그대와 나
손에 손을 잡고
갈대숲 길을 걸어가노라면
어느 새 우리도 갈대가 되어
나는 휘파람을 불고
그대는 나풀나풀 춤을 춘다.

벚꽃 애환哀歡

늦가을
때 아닌 벚꽃이 피었다.

지난여름
재건축아파트단지 옆길에 가로수로 옮겨 심어놓은
벚나무들이 잎이 누렇게 시들어
내년 봄에는 다시 살아나려나 걱정했는데
벚꽃 몇 송이가 피어난 것이다.

뿌리가 잘려나가고
잎은 시들어 떨어지자
기약할 수 없는 봄을 생각하며
생生의 마지막인 듯 꽃을 피웠나보다.

늦가을
때 아닌 벚꽃을 바라보며
머리에 핀 백발을 가만히 쓸어 올려본다.

아버지의 눈물

3·8선 넘어 두고 온 고향

보고 싶은 얼굴 가슴에 묻고

한 많은 날들을 눈물로 보내신 아버지

지금은

어느 하늘에서 만나고 있을까

그리운 고향

보고 싶은 당신의 어머니, 아버지…

이제는

세상의 모든 근심걱정일랑 내려놓고

그곳 하늘나라에서

오매불망寤寐不忘 그리던 사람들을 만나

부디

행복하셨으면!

보신각 종소리

종로 밤거리에
눈이 내리네.

가는 세월
오는 세월
흐르는 세월이야 어쩔 수 없어도
그리운 사람
보고 싶은 마음이야 어찌하랴.

덩그렁♪
뎅그렁♪♬
보신각 종소리
빈 가슴을 채우네.

섣달그믐날

한 해가 가고
한 해가 오는 길목에서
흘러간 날들을 돌아다봅니다
행복했던 날들은 꿈처럼 흘러가고
불행했던 날들만이 아픈 상처로 남아 있습니다.

묵은해를 보내고
새해를 맞이하는 길목에서
뜻대로 되지 않는 게 인생인줄 알면서도
한 해의 소망을 또 다시 꿈꿔봅니다

바라기는
돌아오는 섣달그믐날에는
우리 아이들이
불행했던 날들보다
행복했던 날들을 떠올리며
소망의 새 꿈을 이루는
한 해가 됐으면 좋겠습니다.

촛불•4

촛불을 혁명이라 부르지 마라
촛불이 웃는다.

촛불은
바람 앞에 꽃잎처럼 흔들리다
떨어지는 눈물
촛불이 운다.

누가 있어 어둠을 밝히랴
촛불이 어둠을 밝히는 것이 아니라
어둠이 촛불을 밝히는 세상.

촛불을 혁명이라 부르지 마라
촛불이 웃는다
촛불이 운다.

거기 누구 없소?

하늘을 보자
푸르고 푸른 하늘을 보자
검은 구름 걷어내고
하늘 문 열어 줄
거기 누구 없소?

사막 같은 세상
걷고 또 걸어도
물 한 방울 없는 끝없는 모래밭
물,
물,
타는 가슴 적셔줄
거기 누구 없소?

한 쪽에선
세상을 밝히자며 촛불을 켜들고
또 다른 한쪽에선
나라를 지키자며 태극기를 펼쳐들고

저마다

말,

말,

말들을 쏟아낸다

혼탁한 세상

어디를 둘러봐도

시원한 구석 눈 씻고 찾아볼 수 없어

숨이 막혀 죽을 것만 같다

막힌 숨구멍 뚫어줄

거기 누구 없소?

가자미와 광어

외눈박이도 아닌 것이 외눈박이처럼 사는 놈들이 있지요. 놈들은 둘 다 몸이 납작하고 길둥근 꼴이라고 해서 사람들이 넙치라고 부르지요. 눈깔을 좀 보세요. 태어날 때부터 두 눈이 한쪽으로 몰려 있어 한 쪽만을 보며 살아요.

태생胎生이야 어찌됐든 이들은 조상祖上이 하나인 넙칫과에 속한 바닷물고기임에는 틀림없지요. 두 눈깔이 가자미는 오른 쪽에, 광어는 왼쪽에 몰려있다 보니 같은 바다를 봐도 가자미는 오른편을, 광어는 왼편만을 보기 때문에 만나기만 하면 자기가 본 바다가 옳다고 서로 우기며 물고 뜯고 싸움질이지요. 그래서 이 넙치들이 사는 좁은 바다는 늘 흙탕물로 앞이 잘 보이지가 않아요. 그러지 않아도 언제 어디서 상어라는 놈들이 몰려와 물어뜯을 지도 모르는데 이렇게 싸움질만 하고 있으니 참으로 한심한 놈들이지요.

싸움결과는 뻔해요. 숫자는 가자미가 많기는 해도 덩치가 작고 입도 작아 목소리가 작은데다가 광어 앞에서는 입 한번 뻥긋하지 못하고 제 몸 사리기에만 바쁜데 비해, 광어는 숫자는 적어도 덩치가 크고 입도 커 먹잇감을 한 번 물면 결코 상대가 죽기까지는 놓지 않는 성질 때문에 늘 당하는 쪽은 가자미지요. 가자미는 그렇게 당하면서도 힘을 키울 생각은 못하고 제 몸 사리기에만 정신을 팔고 있는 걸 보면 참 바보 같아요.

가자미나 광어나 바다 한 귀퉁이에서 서로를 못 잡아먹어 죽기 살기로 싸움질만 할 게 아니라, 너나 내나 다 한쪽만 바라보는 서로의 처지를 이해하고 인정해 준다면 보다 넓은 바다에서 함께 잘 살 수 있을 텐데 참 안타까운 일이지요. 이렇게 살 바에는 차라리 서로를 위해 갈라서는 게 낫겠지만, 가자미나 광어나 태생胎生이 넙칫과에 속한 같은 종種인지라 한 쪽에 몰려 있는 외눈박이 눈깔을 양쪽으로 떼어놓을 수도 없고….

더 더욱 한심한 것은 가자미 마을에 언제부턴가 광어 떼들이 몰려들어 가자미마을을 쑥대밭으로 만들어 놓는데도 가자미들은 한데 뭉쳐 마을을 지키기보다는 제 버릇 개 못주고 뿔뿔이 흩어진 채, 제 몫 챙기기에만 정신을 팔고 있으니…, 이를 어쩌하면 좋을는지요?

물과 기름

물은 물대로
기름은 기름대로
이 세상에 없어서는 안 될
아주 필요하고 중요한 물질이지
그러나
둘은 섞이지 않아
억지로 섞을 수는 있을지 몰라도
그때 그 뿐
금세 갈라지고 말아
물과 기름은
본래 태생胎生부터가 그런 존재들이지.

좌左와 우右도 마찬가지야
꼭 물과 기름 같아
특히, 한반도에서는 그래
저 멀리 덴마크나 핀란드와는 아주 다르지
둘이 의좋게 지내면 얼마나 좋아?
그 놈의 이념理念이 뭔지
남南과 북北이 두 동강으로 갈라 선지도 어언 70년인

데…

우린

언제쯤 하나가 될까?

찔레꽃

매년 5월이 오면
깊은 산 숲속에도 피고
야트막한 들녘 그 어디에도
곱게, 곱게 피어났지

무등산 골짜기에도 피고
꼭꼭 걸어 잠근 대문 담벼락에도
하얗게, 하얗게 피어 있었지

그해 5월
수많은 주검들 앞에는
흰 옷 입은 유족들이 목 놓아 우는데…
누가 꺾어다 놓았을까
아무도 찾는 이 없는 주검들 위에 놓인
하얀 찔레꽃 한 송이…

그래서일까
세월이 흘러 40년이 지난 지금
머리가 백발인 어느 노익장 가수는

하얀 두루마기를 입고 무대에 서면
'찔레꽃' 노래를 피를 토하듯 불렀지

'하얀꽃 찔~레꽃, 소박한 꽃 찔~레꽃
별처럼 슬픈 찔~레꽃, 달처럼 서러운 찔레~꽃
찔레꽃 향기는 너무 슬퍼요
그래서 울었지 목 놓아 울었지
찔레꽃 향기는 너무 슬퍼요
그래서 울었지 밤새워 울었지….'

처음 그 노래를 들었을 때는
왜, 찔레꽃 향기가 슬프다고 했는지
왜, 밤새워 목 놓아 울었는지 몰랐는데
이제는 알 것 같네.

그해
광주光州는 그랬었지.

질경이

그래, 밟아라
너의 모진 발로 밟아라
그래도 나는 죽지 않아
너의 발에 잎은 너덜너덜 헤질지라도
힘줄은 더 질기게 버티고
나의 뿌리는 대지에 더 깊숙이 박히리라

그래, 밟아라
너의 모진 발로 밟고 또 밟아라
그래도 나는 죽지 않아
겨울이 지나 봄이 오면
얼었던 뿌리에서 새 싹이 돋아나고
새싹은 새잎을 키워 더 질긴 줄기를 세우리라

새 봄이 오면
너의 발바닥은 너덜너덜 헤져도
나의 힘줄은 더 질기게 버티고
뿌리는 대지에 더 깊숙이 박혀
푸르게, 푸르게 다시 살아나리라.

끝이 끝은 아니다

끝이
끝은 아니다

또 하나의 시작을
준비하는
시간일 뿐

끝은
끝이 아니다.

II. 시詩·2

미끼

물고기가

눈앞에 보이는

미끼를 무는 순간

바다의 풍요로움과

자유를 잃고

사망의 나락으로 떨어지듯

돈

명예

권세

쾌락

온갖 안목眼目의 정욕들…

이런 미끼를 무는 순간

그대 영혼

사망의 음침한 골짜기로 떨어지리.

미끼로 가득 찬 세상

누가 있어 세상을 이기랴

오직 빛으로 오신 그분 외에.

질그릇•4

깨질세라
어디 흠집이라도 생기면 어쩌나
찬장 깊숙이 모셔두고 바라만 보다가
어쩌다 귀한 손님이라도 오시면
조심스레 내 놓는 금그릇, 은그릇처럼
너는 귀하지도 예쁘지도 않아

너는 그저
울퉁불퉁 제멋대로 생겨가지고
이가 빠지면 빠진 대로
실금이 가면 금이 간대로 쓰다 버려져도
조금도 아깝지 않지

그러나
누군가의 허기를 채워줄
국밥그릇은
금그릇도
은그릇도 아닌
바로 너

못난 질그릇이라는 거
잊지 마.

내 가슴속에 동굴하나

내 가슴에 동굴 하나 있네
동굴이 얼마나 길고 어두운지
그 깊이를 알 수 없네.

이른 아침
손바닥만 한 햇살이
동굴입구를 기웃거리다 사라지면
동굴 속은 하루 종일 어둠에 잠겨
아무것도 보이지 않고
아무소리 들리지 않네.

오래 전부터
나는 그런 동굴 하나
가슴에 안고 살았네.

그러던 어느 날
누군가 부르는 소리 있어
동굴 밖으로 나갔을 때

비로소 나는

빛(光)으로 충만한 세상을 보았네

그곳에는

생수의 강江이 흐르고

꽃향기와 천상天上의 노래로 충만하였네.

동굴 속 어둠은

자취도 없이 사라지고

내 마음은 온통

빛으로

향기로

천상의 노래로

가득 차오르고 있었네.

십자가 위에서의 여섯 시간

로마총독의 군병들이
가시를 엮어 예수의 머리에 관을 씌우고
얼굴에 침을 뱉고
갈대로 머리를 치고 희롱하며
예수를 십자가에 못 박으니
때는 제 세시쯤이라.

로마 군병들이
예수의 겉옷을 취하여
네 귀로 찢어 제비뽑아 나누고
속옷도 취하니
속옷은 호지護持도 아니하고
위에서부터 통으로 짠 것으로
하체가 다 드러남이라
때는 제육시가 되매
온 땅에 어둠이 임하니라.

제 구시 즈음에

예수께서 크게 소리 질러 이르시되
"엘리, 엘리, 라마 사박다니!"하시니
영혼이 떠나가시니라
그 중 한 병사가 창으로 예수의 옆구리를 찌르니
곧 피와 물이 쏟아지니라.

예수님은 누구를 위해
그런 모습으로 돌아가셔야만 했나?
그건 너
바로 너!

* 호지護持란?
'보호하여 부지함'이란 뜻으로, 십자가에 달린 예수님은 속옷도 없이 위에서부터 통으로 짠, 아랫도리가 다 드러나 보이는, 그런 옷을 입고 계셨다. 예수님은 그런 모습으로 돌아가셨다. 너와나 죄인들을 위하여!(요 19:23)

풀꽃 인생·2

―시편 103편

인생은 그 날이 풀과 같고
그 영화 풀의 꽃과 같으니
풀은 마르고 꽃은 떨어져
그 흔적조차 없이 스러지나니
무엇이 해아래서 영원하리요.

풀꽃 같은 인생
한번 피었다 시들면 그뿐인 것을
그대는 지금
무엇을 잡으려고
어디를 향해
바람처럼 달려가는가.

너의 가는 길에

네가
세상의 문을 열고 태어난 그날은
얼었던 강물이 우수수 풀리고
개구리가 겨울잠에서 깨어난다는 경칩驚蟄날이었다.

너의 작은 몸은
물가에 심은 백향목柏香木처럼 자라
눈과 코와 입과 귀는 세상을 향해 열리고
너의 두 손은 이웃을 향해 펼쳐지며
너의 두 발은 행복幸福을 실은 은빛수레가 되리.

너의 가는 길에
하늘 문이 열리고
봄 햇살이 구름사이로 내리쪼이면
양떼들은 한가로이 풀을 뜯고
목자牧者들은 바위에 앉아 하늘피리를 분다
사랑의 노래
행복의 노래
하늘피리를 분다.

* 우리 예쁜 손녀딸을 주신 하나님께 감사하며 쓴 시詩다.

꽃과 예수

목이 잘린 꽃들이 화병花甁에 꽂혀있다
붉은 장미가 안개꽃 속에 묻혀
피를 뚝뚝 흘리고
백합은 얼굴이 하얗게 질린 채
울고 있다.

“어머! 장미꽃 참 예쁘다!”
장미꽃잎 파마머리를 한 여인이
장미꽃잎을 매만지며 호들갑을 떨자
“꽃향기는 역시 백합이야!”
흰 목덜미에 백금 십자목걸이를 한 여인이
백합 속에 코를 처박고 킁킁거린다.

꽃들은
목이 잘려 죽으면서도
자신의 아름다움을
자신의 향기를
아낌없이 다 내어준다.

로마병정들이

예수를 십자가에 못 박고

창으로 옆구리를 찌르자

물과 피가 다 쏟아졌다

예수는 그렇게 죽으셨다.

그 사랑이

너와 나

온 인류를 죄에서 구원하셨다.

조•각•목•1

너와나
흩어지면
쓸모없는
조·각·목 되고

너와나
함께하면
쓸모 있는
조각목 되네.

욕망의 십자가

어느 교회를 가보아도
예수의 십자가는 없네.

골고다 언덕
주님이 달려 죽으신 십자가는
강도와 살인자들의 찌든 기름때와 핏자국으로 얼룩지고
죄인들의 손과 발에 박힌 대못자국으로
구멍이 숭숭 뚫린
더럽고 냄새나는 거친 십자가였네.

예배당 벽에 높이 걸린 커다란 십자가나
강대상 위에 놓인 작은 괘종십자가나
두 손 모아 기도하는
여인의 귀와 목에 걸린 황금빛 십자가나
그 어떤 십자가에도
예수님이 흘리신 핏자국과
손과 발에 박힌 못자국은 보이지 않는
너와 나의
욕망慾望의 십자가들뿐이네.

나의 도움 어디서 오나

1

나의 도움 어디서 오나 눈을 들어 산을 보니
천지를 지으신 여호께로다
험한 세상 걸어갈 때 해처럼 밝히시고
어둔 밤길 다닐 때에 달빛 되시네
천지를 지으신 여호와 너를 도우리
지금부터 영원까지 늘 도와주시리.

2

나의 도움 어디서 오나 눈을 들어 산을 보니
시온산에 계신 여호와 나를 돌보시네
세상슬픔 당한 때도 내 눈물 씻기시고
상한 마음 나의 영혼 감싸주시네
시온산에 계신 여호와 너를 돌보리
지금부터 영원까지 늘 돌봐주시리.

3

나의 도움 어디서 오나 눈을 들어 바다를 보니

물결 위를 걸어오신 예수님 내 손 잡아주시네

비바람 몰아쳐도 내 앞길 여시고

모든 풍랑 면케하사 나를 지키시네

폭풍 속에 계시는 여호와 너를 지키리

지금부터 영원까지 늘 지켜주시리.

너는 누구냐?

나는
유대인도
바리새인도
사두개인도 아닌
오직
믿음, 소망, 사랑을 가슴에 품은
기독교인 인줄 알았습니다.

그러나
사람들 앞에서는
잘난 척
깨끗한 척 하면서
뒷구멍으론
온갖 세상만사에 휘둘려
제 멋대로 사는 너

그런 너는 누구냐!?

조·각·목·2

조각

조각

버려진 조·각·목들

끌어 모아

자르고 다듬어

두드려 붙이면

비로소

꼴을 갖춘 조각목 되네.

내 기도 들어 주옵소서

주님은
기쁘게 의義를 행하는 자와
주를 기억하는 자에게 선대하시거늘
내가 주님을 몰랐나이다.

내가 주의 성의聖衣를 더럽혔고
나의 죄악이 회오리바람처럼 나를 휘몰아갔나이다
나의 기도는 땅에 떨어지고
목이 터져라 불러도 주님은 대답이 없으시며
주님은 내게서 얼굴을 돌리셨나이다.

주여!
나의 죄악이 진홍빛 같이 붉을지라도
주님의 보혈로 흰 눈처럼 씻어주옵소서
한 줌 진흙덩이인 나를
주의 형상대로 지으신 주님은
토기장이시며 나의 아버지시니이다.

주여!

이제 나의 모든 죄악을 용서하시고

내게서 노怒를 거두어 주옵소서

그리하여

내 영혼이 아버지가 예비하신

새 하늘과 새 땅에 들어갈 수 있도록

은총을 베풀어주옵소서!

내 주

내 아버지시여!

내 기도를 들어주옵소서!

이런 삶을 살기 원합니다

오늘 하루도
최선을 다해 살기 원합니다.

헛된 욕망 버리고
주님의 뜻을 좇아
부끄럽지 않은 하루이기를 원합니다.

그리하여
주님 앞에 서는 날
주께서
“너는 나를 위해 무엇 했느냐?”물으실 때
부끄럽지 않은
그런,
삶을 살기를 원합니다.

풀꽃 인생•3

부富한 자는 자기의 낮아짐을 자랑할지니
이는 그의 영화가 풀의 꽃과 같이 지나감이라
해가 돋고 뜨거운 바람이 불면
풀은 마르고 꽃은 떨어지듯
부富한 자도 그 행行하는 일에 이와 같이 쇠잔衰殘하리라.

너희가 거듭난 것은 썩어질 씨로 된 것이 아니요
썩지 아니할 씨로 된 것이니
이는 하나님의 말씀으로 되었느니라
그러므로
모든 육체肉體는 풀과 같고
그 모든 영광榮光이 풀의 꽃과 같으니
풀은 마르고 꽃은 떨어지되
오직 주의 말씀은 세세토록 있느니라.

때를 따라 주시는 은혜

세상의 모든 일에는
기한이 있고, 때가 있나니…

날 때가 있고 죽을 때가 있으며
만날 때가 있고 헤어질 때가 있으며
심을 때가 있고 뽑을 때가 있으며
헐 때가 있고 세울 때가 있으며
울 때가 있고 웃을 때가 있으며
슬퍼할 때가 있고 기뻐할 때가 있으며
찾을 때가 있고 돌아설 때가 있으며
지킬 때가 있고 버릴 때가 있으며
찢을 때가 있고 꿰맬 때가 있으며
잠잠할 때가 있고 말할 때가 있듯이
세상일에는
희喜, 노怒, 애愛, 락樂이 있고
기한과 때가 있나니…

하나님이 세상을 이처럼 사랑하사
세상만물을 때를 따라 지으셨으니

너희의 생명도

기한이 있고, 때가 있어

어느 날,

때가 되면

흙으로 돌아갈 지니라.

찬양

그대는 꽃
형형색색의 빛깔로 피어나는
만만송이 아름다운 꽃

그대는 노을
서녘하늘 붉게 물들이는
황금 빛 저녁노을

그대는 번제물
예배당 제단위에 드려지는
향기로운 번제물.

질그릇 • 5

비록

이 한 몸

하나의 작은 질그릇이 되어

주님 위해 쓰인다면

귀하디귀한

금그릇

은그릇

부럽지 않네.

은행나무 가로수 길을 걸으며

깊어가는 가을 어느 날
나는 은행나무가로수 길을 걸어가고 있었습니다. 언덕너머로 죽 뻗은 길에는 노란 은행잎들이 수북이 쌓여 있고, 앙상한 가지 끝에 남아 있는 노란 잎들은 바람이 불 때마다 후드득, 휘날리고 있었습니다. 나는 무엇에 홀린 듯, 집으로 가는 골목길을 비껴 은행나무 가로수 길을 따라 걸어갔습니다. 길 위에 수북이 쌓여 있는 은행잎들은 마치 황금빛 꽃길을 걷는 듯 황홀했고 왠지 마음마저 숙연해지는 것이었습니다.

은행나무는 다른 나무들과는 달리
암수(♁ ♂)가 구별되는 것도 특이하지만, 암수(♁ ♂)의 나무가 서로 마주보고 있어야 열매를 맺는다고 합니다. 봄이 오면 연녹색 사랑의 잎을 틔우고, 여름이면 암수(♁ ♂)가 바람을 타고 푸릇푸릇 사랑을 나누고, 가을에는 암(♁)은행나무 가지마다 알알이 사랑의 열매가 맺히고, 겨울이면 황금빛 잎들을 다 털어버리고 꿈꾸듯 깊은 잠을 잡니다.

이별조차 황금빛으로 물드는 은행나무처럼
나도 한 그루 은행나무이고 싶습니다. 그대와 함께 푸릇푸릇 사랑을 나누던 나날들을 가슴 속에 고이 간직한 채, 언젠가 생生을 마감하는 날, 저 천국문에 들어가 은행나무꽃길보다 더 아름다운 천상天上의 황금꽃길을 그대와 함께 걸을 수 있기를… 이 늦은 가을날, 기도해봅니다.

조•각•목•3

조각

조각

버려진 조·각·목들

어디에

무엇에 쓰시려고

다듬어 붙여

조각목 만드셨나.

Open the eyes of my heart

1

열두 살 난 '크리스토퍼'라는 사내아이는 엄마의 태중에 있을 때, 엄마가 카페인 중독으로 인해 태어날 때부터 앞이 안보이고 뇌가 자라지 않는 자폐로 태어났습니다.

그러나 놀랍게도 그는 나이 다섯 살 때부터 지금까지 칠년 째 무대에 올라 찬양을 합니다. '거룩, 거룩, 거룩하신 주여! 내가 주님보기를 원하나이다, 내 주여! 내 눈을 열어주소서!'

holy, holy, holy lord!

I want to see you, my lord!

Open the eyes of my heart!

I want to see you, my lord!

2

나에게도 엄마의 뱃속에서 6개월 만에 태어난 손자 벌되는 한솔이라는 아이가 있습니다. 내가 그 아이를 처음 보았을 때, 그 아이는 벌거벗은 채 콧구멍에 튜브를 꽂고 자두 알처럼 말간 손등에는 굵은 주사바늘을 꽂고 인큐베이터에 누워 가쁜 숨을 몰아쉬고 있었습니다.

나의 머릿속으로 그 아이의 고달픈 미래가 파노라마처럼 펼쳐졌습니다. 엄마 뱃속에서 미처 여물기도 전의 나약한 모습으로 이 험한 세상에 던져진 한솔이의 모습은 너무나 애처로웠습니다. 나는 인큐베이터 앞을 서성거리며 무척이나 마음이 아팠습니다.

3

그로부터 열 두 해가 지난 오늘,
나는 영혼을 뒤흔드는 '크리스토퍼'의 찬양을 듣고 또 들으며, 한솔이가 크리스토퍼처럼 주님을 찬양하는 아이로 거듭나기를 두 손 모아 기도해봅니다. 이 험한 세상 살아갈 때 주님께서 지켜주시며, 한솔이의 육신을 주님의 손으로 어루만져 주시고, 그의 마음의 눈을 열어주소서. 그의 영혼이 주님보기를 원하나이다.

Open the eyes of his heart

he wants to see you

holy, holy, holy lord

he wants to see you, oh, my lord!

* 본 시詩는 15살인 시각장애인이자 자폐아인 '크리스토퍼'라는 아이가 'Open the eyes of my heart'라는 노래를 부르는 영상을 보고, 나의 조카 손자인 한솔이를 생각하며 눈물로 한자 한자 적어나간 글이다.

예수는 그러면 안 되는 분이셨습니다

예수는 마구간구유에서 쫓기듯 태어났지만
예수는 그러면 안 되는 분이셨습니다

예수는 머리 둘 곳 하나 없이 동가숙 서가식東家宿 西家食하셨지만
예수는 그러면 안 되는 분이셨습니다

예수는 가룟 유다에 의해 은 삼십에 팔렸지만
예수는 그러면 안 되는 분이셨습니다

예수는 죄인처럼 로마총독 빌라도의 법정에 섰지만
예수는 그러면 안 되는 분이셨습니다

예수는 호지護持도 아니한 통옷을 걸친 채 십자가에 달리셨지만
예수는 그러면 안 되는 분이셨습니다

예수는 오직
우리의 죄를 대속하시기 위해
십자가에 달려 죽으시고
또 부활하셔야만 했던 그런 분이셨습니다.

* 이 시詩는 심순덕 시인의 '엄마는 그래도 되는 줄 알았습니다'를 패러디해서 써본 시詩이다.

* "And surely I am with you always, to the very end age. 볼지어다. 내가 세상 끝날까지 너희와 항상 함께 있으리라."

조•각•목•4

쪼·각

쪼·각

쪼개진 너와나

언제나 우린

쓸모 있는

조각목 될까?

아름다운 우리교회

1

오래전 이 땅에 주의 빛 비추던 날

아름다운 동산 예비해 두셨네

일곱 색깔 무지갯빛으로 휘장을 두르고

하늘의 별들로 주의 단을 짜게 하셨네.

주의 궁정이 온 땅에

어찌 그리 아름다운지요

주의 궁정 사모하여 모인 우리

높으신 주의 이름 찬양합니다.

2

세상 슬픔 안고 오는 자 기쁨 얻고

낙심되어 오는 자 소망 찾네

세상 끝날까지 주 사랑 전하리

빛으로 일어나 어두운 세상 밝히리.

주의 궁정이 온 땅에

어찌 그리 아름다운지요

주의 궁정 사모하여 모인 우리

높으신 주의 이름 찬양합니다.

의인義人과 악인惡人

의인義人은
악인惡人의 꾀를 쫓지 아니하고
죄인의 길에 서지 아니하며
오만한 자의 자리에 앉지 아니하고
오직
여호와의 율법을 즐거워하여
그 율법을 밤낮으로 묵상하는 자로다.
저는
시냇가에 심겨진 나무처럼
그 잎사귀가 마르지 아니하고
시절을 좇아 열매를 맺으며
모든 일이 다 형통하리로다.

악인惡人은
그렇지 않음이여
의인義人의 길을 쫓지 아니하고
죄인罪人의 길에 서서
오만한 자의 자리를 탐하고

여호와의 율법을 멀리하며
그 율법을 조롱하는 자로다
저는
사막에 심겨진 나무처럼
그 잎사귀는 마르고
열매가 없으며
모든 일이 다 막히리로다.

의인義人은 악인惡人을 친구로 삼고자 하나
악인惡人은 의인義人을 넘어뜨리는 자로다.

질그릇・6

나 비록
금그릇처럼 청아하고
은그릇처럼 맑지는 못해도
온몸 다해 찬양하리
투박한 질그릇
내 모습 이대로
오직
여호와 하나님
주님만을 찬양하리.

주님은 나의 모든 것

주님은
내가 어둠의 골짜기에서 헤매고 있을 때에도
밝은 빛을 비춰주시고
내가 넘어졌을 때에도
일어나라, 용기를 주시네.

주님은
내가 외로울 때 손을 잡아주셨고
마음아파 눈물 흘릴 때에도
눈물 닦아주시며 위로해주시네.

주님은
나의 빛, 나의 소망
오직
주님만이
나의 모든 것 되시네.

육체의 일과 성령의 열매

—갈 5:16~26, 6:7~8

"내가 이르노니 너희는 성령聖靈을 따라 행하라, 그리하면 육체肉體의 욕심慾心을 이루지 아니하리라.

육체肉體의 일은 분명하니
곧 음행淫行과 더러운 것과 호색好色과 우상숭배偶像崇拜와 주술呪術과 원수 맺는 것과 분쟁分爭과 시기와 분냄과 당 짓는 것과 분열함과 이단異端과 투기와 술 취함과 방탕함과 또 그와 같은 것들이라. 이런 일을 하는 자들은 하나님의 나라를 유업遺業으로 받지 못할 것이요.

오직 성령聖靈의 열매는
사랑과 희락喜樂과 화평和平과 오래 참음과 자비慈悲와 양선良善과 충성忠誠과 온유溫柔와 절제切除니 이 같은 것을 금지할 법이 없느니라.

그리스도 예수의 사람들은
육체肉體와 함께 그 정욕情慾과 탐심貪心을 십자가에 못 박았느니라. 만일 우리가 성령으로 살면 또한 성령으로 행할지니 헛된 영광

榮光을 구하여 서로 노엽게 하거나 서로 투기하지 말지니라.

스스로 속이지 말라. 하나님은 업신여김을 받지 아니하시나니 사람이 무엇으로 심든지 그대로 거두리라. 자기의 육체肉體를 위하여 심는 자는 육체로부터 썩어질 것을 거두고, 성령聖靈을 위하여 심는 자는 성령으로부터 영생永生을 거두리라."

유구무언有口無言
이 말씀들이 내 가슴을 무겁게 짓누릅니다.
나는 육체肉體의 일 중 아직도 버리지 못한 것들이 너무 많고, 성령聖靈의 열매는 고사하고, 성령聖靈으로부터 영생永生을 거두기보다는 육체肉體로부터 썩어질 것을 너무 많이 거두고 있는 데…
이를 어찌할거나.

꿈 • 2

우리는 모두 꿈을 꾸며 삽니다
어린아이로부터 어른에 이르기까지
바라는 꿈이 작든, 크든
우리 모두는 꿈을 꾸며 살고 있습니다.

지난날
나에게도 꿈이 있었답니다
무엇이 되고 싶고, 또 무엇인가 이루고 싶었던
뭐 그런 꿈들이지요
어떤 꿈은 이루어지기도 했지만
어떤 꿈은 이루어 질 수 없는
허망한 꿈도 많았습니다
내 비록 모든 꿈들을 이루지는 못해도
꿈을 꾸고 있는 동안만큼은 무척 행복했습니다.

세월이 흘러
머리가 백발이 됐어도
나는 아직 꿈을 꾸고 있습니다

그 중에서도 꼭 이루어져야만 하는

아주 간절한 꿈 하나가 있지요

나는 그 꿈을 매일 매일 하나님께 올려드리고 있습니다

언젠가 그 꿈이 이루어졌으면 좋겠습니다

아니, 꼭 이루어질 것입니다

왜냐하면 그 꿈은 나의 간절한 기도이기도 하고

간절한 기도는

하나님께서 땅에 떨어뜨리지 아니하시고

반드시 이루어 주시니까요.

포도나무와 가지

주는 포도나무요 나는 가지라
내가 주 안에 거하고
주가 내안에 거하면
많은 열매를 맺나니
내가 주를 떠나서는 아무 것도 할 수 없음이라.

그러나
내가 주 안에 거하지 아니하고
주가 내 안에 거하지 아니하시면
나는 가지처럼 버려져 마르나니
사람들이 그것을 모아다가 불에 던져 사르리라.

주는 포도나무요 나는 가지니
내가 주 안에 거하고
주께서 내 안에 거하시기를 원하나이다
그리하여
내가 구하는 모든 것들을 주 안에서 이루게 하시고

많은 열매를 맺게 하옵소서
주님은 포도나무요 나는 가지니이다.

조•각•목•5

이리 잘리고

저리 버려진

상처투성이 조·각·목들

누구의 손으로

꿰매고 붙여

온전한 조각목 되었나.

여호와께 감사하나이다

여호와께 감사하나이다
그는 선하시며 인자하심이 영원함이로다
내가 고통 중에 있을 때 위로해주셨고
내가 절망 중에 있을 때 소망을 주셨으며
내가 넘어질 때 일으켜 세우셨나니

여호와는 내편이시라 내게 두려움 없네
열방이 나를 에워싸고
원수가 나를 공격해도
여호와께서 나를 지켜주시리
여호와는 나의 힘, 나의 방패
여호와는 나의 산성, 나의 요새시라

내가 주께 감사하나이다
그가 나를 영원부터 영원까지 지키시리니
여호와는 나의 능력, 나의 찬송
여호와는 나의 구원, 나의 소망
내가 영원부터 영원까지
여호와께 감사하나이다!

조·각·목·6

여기 저기 널려 있는 조·각·목을 끌어 모아

넓은 조각은 바닥에 깔고

기다란 조각으로는 기둥을 세우고

네모난 조각들로는 켜켜이 쌓아올려 벽을 만들고

두껍고 편편한 조각들로는 지붕을 덮고

아주 작은 조각들로는 사이사이 틈새를 메우고

그렇게 조각조각

조·각·목들이 모여

재목材木이 되고

예배당禮拜堂이 되네.

굴레

무얼
그리도
많이 먹었는지
더부룩한 뱃속을 다 쏟아
비우고 나면
그렇게 시원하고
영혼까지 상쾌한 것을

어느새
몇 시간 지나지 않아 또
아귀아귀 먹어대는 육신의 굴레

산다는 것은
다람쥐 쳇바퀴 돌 듯
영혼이 육신의 굴레 속에 갇혀
끊임없이 돌고 도는 쳇바퀴 같아.

만나와 메추라기

이스라엘 자손이 애굽에서 나온 후

둘째 달 십오일 되던 날

온 회중會衆이 광야에서 원망하되

애굽 땅에서 고기 가마 곁에 앉아 있던 때와

떡을 배불리 먹던 때에

여호와의 손에 죽었더라면 좋았을 것을

너희가 이 광야로 우리를 인도해 내어

이 온 회중이 주려 죽게 하는 도다.

하나님께서 이들의 원망을 들으시고

일용할 양식을 주시되

가나안 땅에 들어가기까지 광야에서 사십년 동안

아침에는 만나를

저녁에는 메추라기 고기를 하늘에서 비같이 내려주셨네.

그럴 리는 없지만

만일, 내게 권한權限이 주어진다면

일 년 동안만

아니, 단 한 달 동안만이라도

만나와 메추라기 고기만 먹이고 싶다

끊임없이 분쟁分爭을 일으키는 교인들에게

삼시 세끼 꼬박 꼬박.

* 만나 : 이스라엘민족이 출 애굽하여 광야길을 걸을 때, 떡과 고기가 먹고 싶다며 모세를 원망하자 하나님께서 내려주신, 작고 둥글며 서리같이 가는 떡

질그릇 • 7

토기장이가 흙으로 어떤 그릇을 만들든
그건 오직 토기장이의 주권이지
너와 나의 의지로 되는 일이 아니지

우리 모두는 토기장이의 망치 한 방이면
산산조각으로 부서질 질그릇 같은
피조물에 지나지 않아.

'그런 법이 어디 있느냐'고
'왜 나를 이렇게 만드셨느냐'고 따져본들
아무 소용이 없지

질그릇 같은 우리네 인생
그저,
토기장이신 하나님만 바라보며 살다
하나님의 은혜로
이다음 천국에 들어갈 수만 있다면
그 보다 더 기쁜 일이 어디 있을까.

주님은 토기장이

나는 질그릇.

그날이 오면•2

그날이 오면
해와 달이 빛을 내지 아니하며
木星, 火星, 土星, 金星, 水星…
하늘의 별들은 떨어지고
모든 살아 있는 생명들과
산과 들에 피어 있는 형形색色의 아름다운 꽃들과
공중에 나는 새들과
바다의 물고기들과
세상의 모든 생물들은 다 사라지리.

언젠가 그날이 오면
억만년 이어져 내려온 별들의 노래와
사랑과 이별, 전쟁과 평화
숫한 생명과 죽음의 이야기들은
우주공간으로 흐트러지고
천사들의 나팔소리와 함께
주님이 영광중에 구름타고 오시는 날
'천년왕국天年王國'이 열리고

‘새 하늘과 새 땅’이 펼쳐지리.

그러므로
깨어있으라
그 때와 시기는 아무도 알지 못하나니.

조각목•7

여호와께서 모세에게 이르시되, 내가 거할 성소를 내가 네게 보이는 모양대로 장막을 짓고 기구들도 그 모양을 따라 지을지니라(출 25:9)

곧, 조각목으로 궤를 짜고 순금으로 그것을 싸고, 금고리 넷을 달고, 조각목으로 채를 만들어 금으로 싸고, 그 채를 궤의 고리에 꿰어서 궤를 메게 하라. 내가 네게 줄 증거판을 궤 속에 둘지며…
너는 조각목으로 상을 만들어 순금으로 싸고, 상 위에 진설병을 두어 항상 내 앞에 있게 할지니라.
너는 순금으로 등잔대를 만들고, 대접과 숟가락과 병과 붓는 잔을 순금으로 만들고…
너는 조각목으로 제단과 물두멍을 만들되, 그것들을 놋으로 싸고…(출25:10-40)

이와같이 성막에서 쓰는 모든 기구와 그 말뚝과 뜰의 포장 말뚝을 다 놋으로 할지니라(출27:19)

여호와께서 모세에게 말씀하여 이르시되,

너는 첫째 달 초하루에 성막 곧 회막을 세우고
성막 안에는 지성소와 성소 사이에 휘장을 달고
지성소에는 증거궤를 들여놓고 또 휘장으로 그 궤를 가리고
성소 안에는
상을 들여놓아 그 위에 물품을 진설하고
등잔대를 들여놓아 불을 켜고
금향단을 증거궤 앞에 두고 성막문에 휘장을 달고
번제단을 회막의 성막문 앞에 놓고,
물두멍을 회막과 제단 사이에 놓고 그 속에 물을 담고
뜰 주위에 포장을 치고 뜰 문에 휘장을 달고
또 관유를 가져다가 성막과 그 안에 있는 모든 것에 발라 그것과
그 모든 기구를 거룩하게 하라 그것이 거룩하리라(출40:1-9)

모세가 이 모든 역사를 마치니 구름이 성막에 덮이고 여호와의 영광이 성막에 충만하니라(출40:33-34)

*성막 안의 기구와 물품들은 작게는 조그마한 말뚝이나 숟가락에서부터 크게는 중거궤와 제단에 이르기까지 조각목과 정금으로 만들어졌다.
*조각목은 시내 광야와 사해부근에서 자생하는 가시나무의 일종一種으로서 아카시아스(accasias)라 부르기도 한다.
*조각목은 조직이 단단해 벌레가 기생하지 못하고 무늬가 고와서 언약궤를 만드는데 사용되었으며, 하나님의 연단과 믿음으로 다듬어진 인격(인품)을 상징하기도 한다.
(*아가페『큰글성경』200년 6월 5일 발행. 139쪽 및 강성두 목사 지음, 출애굽기 강해『구원과 해방』1994년 11월 30일 쿰란출판사 발행. 323, 326, 330쪽 참조)

오호라, 나는 곤고困苦한 자로다

죄가 기회를 타서 내 속에 들어와 온갖 탐심貪心을 이루었나니
내가 원하는 바 선善은 행하지 아니하고 도리어 원하지 아니하는
악惡을 행하는 도다.
내 속사람으로는 하나님의 법을 즐거워하되
내 지체 속에서 한 다른 법이 내 마음의 법과 싸워 죄의 법으로 나
를 사로잡는 것을 보는 도다.
오호라, 나는 곤고한 자로다. 사망의 몸에서 누가 나를 건져내랴!?

그리스도 예수의 사람들은 육체와 함께 그 정욕情慾과 탐심貪心을
십자가에 못 박았느니라
만일 성령으로 살면 또한 성령으로 행할지니 헛된 영광을 구하지
말지니라
그럼에도 마음으로는 하나님의 법을
육신으로는 죄의 법을 섬기노라
오호라, 나는 곤고한 자로다, 사망의 몸에서 누가 나를 건져내랴!?

이 세상의 고난은 장차 나에게 주어질 하늘나라의 영광과 비교할
수 없도다 그러므로 우리가 빚진 자로서 육신에게 져서 육신대로
살 것이 아니라

영생을 위하여 몸의 행실을 죽이고
상속자, 곧 하나님의 상속자로서의 삶을 살 것이라
그러므로 예수 그리스도께서 지신 십자가의 고난도 함께 져야할 것이라
그런즉, 성령을 따라 행하라
그리하면 육체의 욕심을 이루지 아니하리라
육체의 소욕은 성령을 거스르고 성령은 육체를 거스르나니
이 둘이 서로 대적함으로 원하는 것을 하지 못하게 함이니라
오호라, 나는 곤고한 자로다. 사망의 몸에서 누가 나를 건져내랴!?

보라,
주님이 나팔소리와 함께 구름타고 오시는 날
썩을 것이 반드시 썩지 아니할 것을 입겠고
죽은 육신이 죽지 아니함을 입으리로다
그러므로 내 영혼아
세상유혹에 흔들리지 말고 주의 일에 더욱 힘쓰는 자가 될지니라
이는 나의 수고가 주 안에서 헛되지 않은 줄 앎이라.
그러나 이를 아는 것은 마음이요 행하는 것은 육신이로되
어찌 정精한 마음이 동動한 육신을 이기리오
오호라, 나는 곤고한 자로다. 사망의 몸에서 누가 나를 건져내랴!?

(*롬7:5−25. 8:1−24. 고전13:13, 15:51−53,58. 갈5:16−26)

구원의 길을 걸으며

"모든 사람이 죄를 범하였으매 하나님의 영광에 이르지 못하더니 그리스도 예수 안에 있는 속량으로 말미암아 하나님의 은혜로 값없이 의롭다 하심을 얻은 자 되었느니라."(롬 3:23~24)

예전엔
바람이 임의로 불매 그 소리를 들어도 어디서 와서 어디로 가는지 알지 못하듯, 나 또한 어디서 와서 어디로 가는지 알지 못하였네.

그러던 어느 날
내가 예수를 알기 전, 예수께서 먼저 나를 택하시고 부르셨네.

예수께서
나의 죄를 대속하시기 위해 십자가에 달려 죽으시고 사흘 만에 부활하셨네. 나는 은혜에 의하여 예수님의 그 큰사랑을 믿고, 거듭나, 의롭다 칭함을 받아, 양자養子가 되었네.

그러나
나는 여전히 온갖 세상유혹에 빠져 매일매일 괴로웠었네. 세상이 정한 율례와 법도가 있다 해도 하나님 앞에 지은 나의 모든 죄를 씻을 수는 없었네.

천국으로 가는 길,
그 구원의 길은 결코 순탄치 만을 않았네. 넘어지고 자빠지고, 다시 일어서기를 수없이 반복하면서 나의 신앙생활은 파도처럼 출렁거렸네.

그럼에도
성령님께서는 오늘도 내 손을 놓지 않으시고 나를 성화聖化의 길로 이끌어주시네. 비록 가는 길이 험하고 힘들지라도 저 천국문에 이르기까지 주님의 손을 굳게 잡고 이 길을 걸어가려네.

천년 왕국千年 王國

–계 20:1~15

또 내가 보매 천사가 무저갱의 열쇠와 큰 쇠사슬을 그의 손에 가지고 하늘로부터 내려와서 용을 잡으니 곧 옛 뱀이요, 마귀요, 사탄이라. 잡아서 천 년 동안 결박하여 무저갱에 던져 넣어 잠그고, 그 위에 인봉印封하여 천년이 차도록 다시는 만국萬國을 미혹迷惑하지 못하게 하였다가 그 후에는 잠깐 놓이리라.

보좌에 앉아 있는 자들이 있어 심판하는 권세를 받았더라. 또 내가 보니 예수를 증언함과 하나님의 말씀 때문에 목 베임을 당한 자들의 영혼들과 짐승과 그 짐승의 우상에게 경배하지 아니하고 그들의 이마와 손에 짐승의 표를 받지 아니한 자들이 살아서 그리스도와 더불어 천년 동안 왕노릇하니
(그 나머지 죽은 자들은 그 천년이 차기까지 살지 못하더라.) 이는 첫째 부활이니라.

첫째 부활에 참여하는 자들은 복이 있고 거룩하도다. 이들에게는 둘째 사망이 없고 도리어 하나님과 그리스도의 제사장이 되어 그리스도와 더불어 천년 동안 왕 노릇 하리라.

천 년이 차매 사탄이 그 옥(무저갱)에서 놓여 나와서 땅의 사방 백성 곧 곡과 마곡들(성도들을 대적할 사탄의 추종세력을 상징)을 미혹迷惑하고 모아 싸움을 붙이리니 그 수가 바다의 모래 같으리라.

그들이 지면에 널리 퍼져 성도들의 진陣과 (하나님이)사랑하시는 성城을 두르매 하늘에서 불이 내려와 그들을 태워버리고, 또 그들을 미혹하는 마귀가 불과 유황 못에 던져지니 거기는 그 '짐승'과 '거짓 선지자'도 있어 세세토록 밤낮 괴로움을 받으리라.

또 내가 크고 흰 보좌와 그 위에 앉으신 이를 보니 땅과 하늘이 그 앞에서 피하여 간 데 없더라.

또 내가 보니 죽은 자들이 큰 자나 작은 자나 그 보좌 앞에 서 있는데 책들이 펴있고 또 다른 책이 펴졌으니 곧 생명책이라. 죽은 자들이 자기행위를 따라 책들에 기록된 대로 심판을 받으니

바다가 그 가운데에서 죽은 자들을 내주고 또 사망과 음부도 그 가운데에서 죽은 자들을 내주매 각 사람이 자기의 행위대로 심판을 받고

사망과 음부도 불못에 던져지니 이것은 둘째 사망 곧 불못이라.

누구든지 생명책에 기록되지 못한 자는 불못에 던져지더라.

*** 최후의 심판의 의미意味**

1) 역사는 하나님이 정한 목표를 향해 나아간다.

2) '영원한 구원'과 '영벌永罰'은 하나님의 선택적 구원과 예수님에 대한 각 사람의 믿음에 의해서 결정된다.

3) 책들(행위록)에 근거하여 상급이 있다. 따라서 거룩하고 자기희생적인 삶이 요구된다.

4) 하나님의 최종적 승리와 구속사역의 완전한 성취를 의미한다.

(*『아가페 큰글성경』. ㈜아가페 출판사 발행. 2000년 6월 5일. 421쪽)

*** 육체적 죽음이후 부활의 때까지는 어떤 상태로 있는 것일까?**

가. 그리스도 안에서, 잠자는 상태로 편안히 쉰다.

1) 이는 너희가 죽었고 너희 생명이 그리스도와 함께 하나님 안에 감추어졌음이라 우리 생명이신 그리스도께서 나타나실 그때(재림)에 너희도 그와 함께 영광중에 나타나리라.(골 3:3-4)

2) 보라 내가 너희에게 비밀을 말하노니 우리가 다 잠잘 것이 아니요 마지막 나팔에…(고전 15:51)

3) 주께서 강림하실 때까지 우리 살아남아 있는 자도 자는 자보다 결코 앞서지 못 하리라.(살전 4:15)

나. 죽은 영혼들이 제단 아래에서 쉬고 있다.

다섯째 인을 떼실 때에 내가 보니 하나님의 말씀과 그들이 가진 증거로 말미암아 죽임을 당한 영혼들이 제단 아래에 있어

큰 소리로 불러 이르되 거룩하고 참되신 대주재여 땅에 거하는 자들을 심판하여 우리 피를 갚아 주지 아니하시기를 어느 때까지 하시려 하나이까 하니

각각 그들에게 흰 두루마기를 주시며 이르시되 아직 잠시 동안 쉬되

그들의 동무종들과 형제들도 자기처럼 죽임을 당하여 그 수가 차기 까지 하라 하시더라.(계 6:9-11)

(*톰 라이트 지음. '모든 사람을 위한 『요한계시록』'. 2015년 12월 16일. 한국기독학생회 출판부 발행, 237쪽)

새 하늘과 새 땅

—계 21: 1~8

또 내가 '새 하늘과 새 땅'을 보니
처음 하늘과 처음 땅이 없어졌고 바다도 다시 있지 않더라.
또 내가 보매 거룩한 성 '새 예루살렘'이 하나님께로부터 하늘에서 내려오니 그 준비한 것이 신부가 남편을 위하여 단장한 것 같더라.

내가 들으니 보좌에서 큰 음성이 나서 이르되
보라, 하나님의 장막이 사람들과 함께 있으매 하나님이 그들과 함께 계시리니 그들은 하나님의 백성이 되고 하나님은 친히 그들과 함께 계셔서 모든 눈물을 그 눈에서 닦아 주시니 다시는 사망이 없고 애통하는 것이나 곡하는 것이나 아픈 것이 다시 있지 아니하리니 처음 것들이 다 지나갔음이라.

보좌에 앉으신 이가 이르시되
보라, 내가 만물을 새롭게 하노라 하시고 또 이르시되 이 말은 신실하고 참되니 기록하라 하시고 또 내게 말씀하시되 이루었도다 나는 알파와 오메가요 처음과 마지막이라 내가 생명수 샘물을 목마른 자에게 값없이 주리니 이기는 자는 이것들을 상속으로 받으리라. 나는 그의 하나님이 되고 그는 나의 아들이 되리라.

그러나 두려워하는 자들과 믿지 아니하는 자들과 흉악한 자들과 살인자들과 음행하는 자들과 점술가들과 우상숭배자들과 거짓말하는 모든 자들은 불과 유황으로 타는 못에 던져지리니 이것이 둘째 사망이라.

*** '새 하늘과 새 땅'에 대해서는 다음과 같은 두 가지의 설說이 있다.**

1) '새 하늘과 새 땅'이란 지금의 것과는 전혀 다른 우주가 아니라, 현재의 우주가 영화롭고 전혀 흠이 없이 새롭게 되는 상태를 뜻한다.

(*『아가페 큰글성경』. ㈜ 아가페 출판사 발행. 2000년 6월 5일. 421쪽)

2) 세상 종말에는 태초에 하나님이 창조하신 것과 유사한 상태로 새로운 우주가 창조될 것이다. 그곳이 바로 '새 하늘과 새 땅'이다.

(*『굿데이 핸디성경』 생명의 말씀사 발행. 제7권 2011년 4월 30일. 420쪽)

*** 천국에 없는 것들**

1)눈물 2)슬픔 3)죽음 4)고통 5)흑암 6)불경건한 자들 7)죄 8)성전 9)해와 달 10)아담의 죄로 인한 저주

*** 천국에 있는 것들**

1)성도들 2)생명수가 흐르는 강 3)생명나무 4)하나님의 어린양 5)예배 6)어린양과 신부의 결혼잔치 7)하나님의 얼굴을 봄 8)의義의 태양

*** 지옥은 어떤 곳인가?**

1) 성경은 지옥을 바깥 어두운 곳, 불 못, 울며 이를 가는 곳, 하나님의 복으로부터 영원히 단절된 곳, 감옥, 구더기도 타거나 죽지 않는 고통의 장소로 묘사하고 있다.
2) 지옥은 인간이 경험할 수 있는 것 중에서 지옥에 견줄만한 것은 아무것도 없다. 우리가 경험할 수 있는 모든 고통 중에서 가장 지독한 것을 상상한다 할지라도 우리의 상상은 지옥의 무시무시한 실제에 미치지 못한다.
3) 지옥이 갖는 가장 무서운 면은 아마도 '영원성'일 것이다. 사람들은 아무리 큰 고통이라도 그것이 결국에는 끝날 것을 기대하며 참아낸다. 그러나 지옥에는 그러한 희망이 없다.

(*R.C 스프로올 지음. 기독교의 핵심진리 102가지. 생명의 말씀사 발행. 2013년 11 월30일. 308~3310쪽)

*** '새 하늘과 새 땅'은 완전한 변혁을 말한다.**

1) 아직까지 성취되지 못한 모든 창조계획, 또 보다 구체적으로 인간의 죄가 낳은 끔찍하고 역겹고 비극적인 모든 결과를 하나님이 하늘과 땅 모두에서 폐기하심으로써 이루어진다.
2) 다시 말해 새 세상은 아름다움과 힘, 기쁨, 부드러움과 영광으로 충만하다는 의미에서 현재 세상과 비슷하겠지만, 특히 현재 세상을 지금의 모습으로 만든 죽음과 눈물을 야기하는 모든 특징은 존재하지 않을 것이다.

(*톰 라이트 지음. '모든 사람을 위한 『요한계시록』'. 2015년 12월 16일. 한국기독학생회 출판부 발행, 253-254쪽)

새 예루살렘

—계 21:9~22. 22: 1~5

일곱 대접을 가지고 마지막 일곱 재앙을 담은 일곱 천사 중 하나가 나아와서 말하여 이르되 이리 오라 내가 신부 곧 어린 양의 아내를 네게 보이리라 하고 성령으로 나를 데리고 크고 높은 산으로 올라가 하나님께로부터 하늘에서 내려오는 거룩한 성城 예루살렘을 보이니 하나님의 영광이 있어 그 성의 빛이 지극히 귀한 보석 같고 벽옥과 수정 같이 맑더라.

크고 높은 성곽城郭이 있고 열 두 문이 있는데 문에 열 두 천사가 있고 그 문들 위에 이름을 썼으니 이스라엘 자손 열 두 지파의 이름들이라.
동쪽에 세 문, 북쪽에 세 문, 남쪽에 세 문, 서쪽에 세 문이니, 그 성의 성곽에는 열 두 기초석이 있고 그 위에는 어린 양의 열 두 사도의 열 두 이름이 있더라.

내게 말하는 자가 그 성城과 그 문들과 성곽을 측량하려고 금 갈대 자를 가졌더라. 그 성은 네모가 반듯하여 길이와 너비가 같은지라 그 갈대 자로 그 성을 측량하니 만 이천 스다디온(*약2,300킬로미터)이요, 길이와 너비와 높이가 같더라. 그 성곽을 측량하매 백사

십사 규빗이니 사람의 측량 곧 천사의 측량이라.

그 성곽은 벽옥으로 쌓였고 그 성은 정금인데 맑은 유리 같더라.
그 성의 성곽의 기초석은 각색 보석으로 꾸몄는데 첫째 기초석은 벽옥, 둘째는 남보석, 셋째는 홍보석, 넷째는 녹보석, 다섯째는 홍마노, 여섯째는 홍보석, 일곱째는 황보석, 여덟째는 녹옥, 아홉째는 담황옥, 열째는 비취옥, 열한째는 청옥, 열두째는 자수정이라.
그 열 두 문은 열 두 진주니 각 문마다 한 개의 진주로 되어 있고 성의 길은 맑은 유리 같은 정금이더라.

성城 안에서 내가 성전聖殿을 보지 못하였으니 이는 주 하나님 곧 전능하신 이와 및 어린 양이 그 성전聖殿이심이라. 그 성은 해나 달의 비침이 쓸데없으니 이는 하나님의 영광이 비치고 어린 양이 그 등불이 되심이라.
만국이 그 빛 가운데로 다니고 땅의 왕들이 자기 영광을 가지고 그리로 들어가리라. 낮에 성문들을 도무지 닫지 아니하리니 거기에는 밤이 없음이라.

사람들이 만국의 영광과 존귀를 가지고 그리로 들어가겠고, 무엇이든지 속된 것이나 가증한 일 또는 거짓말하는 자는 결코 그리로 들어가지 못하되, 오직 어린양의 생명책에 기록된 자들만 들어가리라.

또 그가 수정 같이 맑은 생명수의 강을 내게 보이니 하나님과 및 어린양의 보좌로부터 나와서 길 가운데로 흐르더라. 강 좌우에 생명나무가 있어 열두 가지 열매를 맺되 달마다 그 열매를 맺고 그 나뭇잎사귀들은 만국을 치료하기 위하여 있더라.
다시 저주가 없으며 하나님과 그 어린양의 보좌가 그 가운데 있으리니 그의 종들이 그를 섬기며 그의 얼굴을 볼 터이요, 그의 이름도 그들의 이마에 있으리라.
다시 밤이 없겠고 등불과 햇빛이 쓸데없으니 이는 주 하나님이 그들에게 비치심이라. 그들이 세세토록 왕 노릇 하리로다.

*** 1 스다디온은 약 192미터. 12,000 스다디온은 약2,300킬로미터이다.**
(*『굿데이 핸디 성경』. 생명의 말씀사 발행. 2011년 4월 30일. 414쪽)

*** '새 예루살렘'은 어떤 곳인가?**
1) 하나님과 성도들이 완전한 교제를 갖는 거룩하고 완성된 교회이다.(21:10,16)
2) 어린양의 신부이다.(21:9)

3) 어린양 안에서 하나님의 영광의 빛을 지닌다.(21:11,23. 22:5)

4) 하나님과의 교제가 직접적이고 온전하므로 성전이 필요 없다.(21:22)

5) 크고 높은 성곽(교제가 항상 견고함을 상징)이 있다.(21:12,17,18)

6) 성곽에는 열 두 문이 있다.(21:12,13)

7) 길은 맑은 유리 같은 정금으로 되어 있다.(21:21)

8) 생명수 샘(은혜, 구원, 영생을 상징)이 있다.(22:1,2)

9) 하나님과 어린양의 보좌(영원한 통치를 상징)가 있다.(22:3,4)

(*『아가페 큰글성경』. ㈜ 아가페 출판사 발행. 2000년 6월 5일. 422쪽)

*** 현재 교회들에게 주시는 하나님의 경고메시지를 온전히 받아들여야 한다.**

1) 곧, 미래의 교회 안에는 겁쟁이('승리'에 필요한 갈등과 투쟁을 회피하는 사람들)과 '모든 거짓말쟁이'를 위한 자리가 전혀 없을 것이다.

2) 그 외에 믿지 않는 자, 부정한자, 살인자, 매춘부, 마술사, 우상숭배자는 모두 기본적으로 하나님의 세상을 싫어하거나 심지어 혐오하고, 대신 거짓말대로 살기로 하고 세상을 자기들이 원하는 대로 만들기 위해 행동하기로 결심한 사람들로서 모두 거짓말하는 자의 변형된 모습들이다.

3) '새 예루살렘'은 한낱 꿈이 아니라 위로를 주는 미래의 상상이다. 어린양을 따르는 사람들이 이미 그 도성에 속했고, 이미 그 거리를 걷는 권한을 가졌다.

4) '새 예루살렘'은 새 창조세계의 전부가 아니다. 그것은 새 창조세계 전체의 중심부와 영광, 세상에 필요한 모든 것을 마음껏 흘려보내는 원천이다. '새 예루살렘'은 지성소지만, 사실 온 땅이 하나님의 영광으로 충만할 것이고 궁극적인 성전이 될 것이다.

(*톰 라이트 지음. '모든 사람을 위한 『요한계시록』'. 2015년 12월 16일. 한국기독학생회 출판부 발행, 260, 261, 267쪽)

마라나타

—계 22:6~21

또 그가 내게 말하기를 이 말은 신실하고 참된지라. 주 곧 선지자들의 영의 하나님이 그의 종들에게 반드시 속히 되어 질 일을 보이시려고 그의 천사를 보내셨도다.
보라 내가 속히 오리니 이 두루마리의 예언의 말씀을 지키는 자는 복이 있으리라 하리니.

이것들을 보고 들은 자는 나 요한이니 내가 듣고 볼 때에 이 일을 내게 보이던 천사의 발 앞에 경배하려고 엎드렸더니 그가 내게 말하기를 나는 너와 네 형제 선지자들과 함께 된 종이니 그리하지 말고 하나님께 경배하라 하더라
또 내게 말하되 이 두루마리의 예언의 말씀을 인봉하지 말라 때가 가까우니라. 불의를 행하는 자는 그대로 불의를 행하고, 더러운 자는 그대로 더럽고, 의로운 자는 그대로 의를 행하고, 거룩한 자는 그대로 거룩하게 하라.
보라 내가 속히 오리니 내가 줄 상이 내게 있어 각 사람에게 그가 행한 대로 갚아 주리라. 나는 알파와 오메가요 처음과 마지막이요 시작과 마침이라.

자기 두루마리를 빠는 자들은 복이 있으리니 이는 그들이 생명나무에 나아가며, 문들을 통하여 성에 들어갈 권세를 받으려 함이로다.
개들과 점술가들과 음행하는 자들과 살인자들과 우상숭배자들과 및 거짓말을 좋아하며 지어내는 자는 다 성城 밖에 있으리라.
나 예수는 교회들을 위하여 사자를 보내어 이것들을 너희에게 증언하게 하였노라. 나는 다윗의 뿌리요 자손이니 곧 광명한 '새벽별'이라 하시더라.

성령과 신부가 말씀하시기를 오라 하시는 도다. 듣는 자도 오라 할 것이요, 목마른 자도 올 것이요, 또 원하는 자는 값없이 생명수를 받으리라 하시더라.
내가 이 두루마리의 예언의 말씀을 듣는 모든 사람에게 증언하노니 만일 누구든지 이것들 외에 더하면 하나님이 이 두루마리에 기록된 재앙들을 그에게 더하실 것이요
만일 누구든지 이 두루마리의 예언의 말씀에서 제하여 버리면 하나님이 이 두루마리에 기록된 생명나무와 및 거룩한 성에 참여함을 제하여 버리시리라
이것들을 증언하신 이가 이르시되, 내가 진실로 속히 오리라 하시거늘 아멘, 주 예수여 오시옵소서!(마라나타!)
주 예수의 은혜가 모든 자들에게 있을지어다. 아멘.

***두루마리를 빠는 자**

어린양의 피에 그 옷을 씻어 희게 한 자, 즉 예수님의 대속의 공로를 힘입어 죄 사함 받고, 의롭다 인정받은 성도

(*『굿데이 핸디 성경』. 생명의 말씀사 발행. 2011년 4월 30일, 422쪽)

*** 내가 곧 가리라**

1) 나는 알파와 오메가, 처음과 마지막, 시작과 끝이다. 나 예수는 이 증언을 주려고 내 천사를 너희에게 보냈다. 나는 다윗의 뿌리요 자손, 빛나는 새벽별이다.

2) 종은 계속 울린다. 이 예언의 말씀, 그렇다. 내가 곧 간다. 종소리에 귀를 기울이라. 내가 곧 간다.

(*톰 라이트 지음. '모든 사람을 위한 『요한계시록』'. 2015년 12월 16일. 한국기독학생회 출판부 발행, 273, 275쪽)

세상 끝에는

세상 끝에는
끝만 있는 게 아니다

죽음이란
육신의 껍질을 벗어버리고
영혼靈魂의 세계로 가는
출구出口일 뿐

죽음은
모든 것의 끝이 아니라
또 하나의 세계가 펼쳐지는
새로운 시작이다.

조각목

초판 1쇄인쇄 2020년 2월 5일
초판 1쇄발행 2020년 2월 7일

저 자 최정호
발행인 박지연
발행처 도서출판 도화
등 록 2013년 11월 19일 제2013-000124호

주 소 서울시 송파구 중대로 34길 9-3
전 화 02) 3012-1030
팩 스 02) 3012-1031
전자우편 dohwa1030@daum.net
인 쇄 (주)현문

ISBN | 979-11-90526-09-8*03810
정가 10,000원

도화道化, fool는
고정적인 질서에 대한 익살맞은 비판자,
고정화된 사고의 틀을 해체한다는 뜻입니다.